Josefine Crime

Pia X.

AF281846

Josefine Crime

Pia X.

Vermisstenfall

Belletristik

Kriminalroman

Spannender Vermisstenfall

Impressum

Bibliografische Information der Deutschen Nationalbibliothek:
Die Deutsche Nationalbibliothek verzeichnet diese Publikation in der Deutschen Nationalbibliografie; detaillierte bibliografische Daten sind im Internet über http://dnb.dnb.de abrufbar.

Herstellung und Verlag: BoD – Books on Demand, Norderstedt

ISBN: 978-3-7568-3412-9

Pia X.

Vermisstenfall

Das Mädchen, Pia X., wurde in den 50er-Jahren im bevölkerungsreichsten Bundesland Deutschlands, Nordrhein-Westfalen, in einem kleinen Dorf in der Eifel, geboren.

Ihre Mutter Cecilia hatte gerade die Schule beendet, und glücklicherweise mit der Mittleren Reife abgeschlossen, kurz bevor Pia auf die Welt kam. Sie lebte damals in einem kleinen Dorf. Alle waren in der Landwirtschaft tätig. Auf einem Bauernhof ist immer etwas zu tun.

Frühmorgens mussten die Tiere gefüttert werden. Die Kühe wurden gemolken und die Milch zur, glücklicherweise ganz nahegelegenen, Molkerei gebracht, wo sie verkauft und verarbeitet wurde. Die Eier mussten eingesammelt und ausgeliefert werden. Es gab auch diverse Feldarbeiten, Kartoffelanbau und Ernte machten den Hauptanteil aus. Auf der Wiese befanden sich natürlich zudem etliche Obstbäume.

Auch der Apfelverkauf stellte eine größere Einnahmequelle dar. Die heruntergefallenen Äpfel wurden eingesammelt und zur Kelterei gebracht, damit diese daraus Apfelmost gewinnen konnte. Natürlich baute die Familie weiteres Obst und Gemüse an, überwiegend für den Eigenbedarf.

Das hatte den Vorteil, dass sie ihr eigenes Obst und Gemüse essen konnten, ebenso das Fleisch von den Tieren, die auf dem Hof gelebt hatten.

Die Rinder und Hühner wurden nämlich geschlachtet, das Fleisch teilweise verkauft und teilweise selbst gegessen. Einen Hofladen hatte die Familie nicht, wahrscheinlich gab es das damals auch noch nicht. Frische Eier, Gemüse, Obst und Fleisch, wurden regelmäßig in der Woche, von der Großmutter auf dem Markt in der nahegelegenen Kleinstadt verkauft. Der Ertrag, nicht gerade hoch, aber sie konnten davon leben und hatten immer gesunde und frische Nahrungsmittel im Hause.

Cecilia war schon mit Tieren und Pflanzen aufgewachsen. Ihre Großmutter kannte sich noch mit Kräutern aus. Um Geld zu sparen, versuchte sie deshalb immer zuerst, mit Kräutern gegen Beschwerden anzugehen, sehr oft auch mit Erfolg. In den 50er-Jahren war es ohnehin nicht üblich, gleich zum Arzt zu rennen und gegen alle Beschwerden eine Pille zu nehmen. Es gab damals auch nicht so viele Fachärzte wie heute. Auf dem Lande waren damals Arzt- und Apothekenbesuche zudem sehr zeitaufwendig und mit Strapazen und beträchtlichen Geldausgaben verbunden gewesen. Und auch die Familie ging deshalb nur zum Arzt, wenn jemand wirklich ernsthaft krank war, und die Kräuter und andere natürliche Mittel überhaupt nicht geholfen hatten und keine kurzfristige Aussicht auf Besserung bestand. Das Leben auf dem Land war einfach.

Die modernen Bauernhöfe gab es damals noch nicht; auch nicht die vielen Maschinen und Geräte, welche die Arbeit vereinfachen und helfen, sie schneller zu erledigen.

Abends im Winter saß die Familie gemeinsam um den Kachelofen. Dort konnten sich alle aufwärmen und gemütlich zu Abendessen.

Heute dürfte das als romantisch empfunden werden.

Aber damit war auch viel Arbeit verbunden.

Das Holz für den Kachelofen musste, nachdem es gekauft worden war, abgeholt und aufgeschichtet, kleingehackt, wieder aufgeschichtet, eingelagert, und schließlich in den Kachelofen gelegt werden.

Auch Kochen war sehr aufwendig; es fehlten anfangs noch die vielen, heute selbstverständlichen, Haushaltsgeräte, mit denen alles schnell und ohne großen Kraftaufwand zubereitet werden kann. Auch gab es keinen Geschirrspüler, nein, alles musste per Hand gespült und abgetrocknet werden.

Die ersten noch einfachen Haushaltsgeräte kamen erst Mitte und bis Ende der 50er-Jahre auf. Aber erst richtig ging es in den 1980er Jahren los.

Eine elektrische Heizung gab es zur Zeit von Pias Geburt natürlich auch noch nicht. Ebenso wenig waren Telefon und Fernseher der Standard in einem Durchschnittshaushalt.

Aber es war bestimmt angenehm, gemütlich und entspannend, wenn sich die komplette Familie am Abend zusammensetzte, das Abendessen gemeinsam einnahm und sich unterhielt. Alles hat Vor- und Nachteile.

Damit zurück zu Cecilia, Pias Mutter. Sie half natürlich von Anfang an in der Landwirtschaft mit, so gut sie konnte.

Zu ihrer Großmutter, mit dem fast altertümlichen Namen Hildburg, hatte sie ein besonderes Verhältnis. Diese war schon sehr alt und auch etwas kränklich.

Schwere Feldarbeiten konnte sie nicht mehr leisten, deshalb bestand eine ihrer Hauptaufgaben in der Erziehung ihrer Enkelin Cecilia. Und diese konnte viel von ihr lernen, auch zum Beispiel das Heilen mit Hilfe von Kräutern und die Zubereitung von köstlichem Essen. Die Großmutter war geduldig und immer für ihre Enkelin da. Sie kümmerte sich liebevoll um Cecilia.

Außerdem war die Großmutter immer noch geschickt im Nähen und staffierte Cecilia toll aus, als sie ins Teenageralter kam. Sie nähte aus einfachen Stoffresten wunderschöne Kleider für das Mädchen. Es war ja Nachkriegszeit, und die Bevölkerung in Deutschland hatte noch nicht viel.

Pias Mutter war in einer der schwersten Zeiten Europas geboren worden, während des Zweiten Weltkrieges.

Doch sie hatte Glück, ihr Vater gehörte zu den wenigen Soldaten, die aus Russland zurückgekommen waren.

Zugegeben, er war zwar mitgenommen, schwach, abgemagert. Ein Finger musste ihm amputiert werden, weil er, wegen der beträchtlichen Kälte, abgefroren war. Ein Sanitäter hatte diese Operation im Dorf durchgeführt.

Jedenfalls erholte sich Cecilias Vater bald wieder und nahm auch schnell an Gewicht zu. Er war stark abgemagert und gesundheitlich schwach zurückgekommen. Aber er hatte überlebt und zu seiner Familie zurückkehren können. Viele seiner Freunde, und männliche Verwandten, hatten nicht so viel Glück.

Sie waren gefallen oder einfach verschollen.

Deshalb gab es zu dieser Zeit viel mehr Frauen als Männer in Deutschland. Es waren aber auch etliche Frauen, Kinder und ältere Männer zu Tode gekommen, die nicht in den Krieg gezogen waren, unter anderem bei Luftangriffen. Und so vieles war zerstört worden. Es musste wieder aufgebaut werden.

In Cecilias kleinem Dorf gab es einen Mann, der nicht in den Krieg eingezogen worden war, weil er noch zu jung gewesen war, als er begann. Seinen Eltern gehörte der größte Hof im Dorf. Er wurde von seiner Mutter großgezogen. Sein Vater kam aus dem Krieg nicht wieder zurück, er galt als verschollen.

Cecilias Vater hatte ihn in Russland noch getroffen und gemeint, dass er dort gefangen genommen worden wäre.

Vielleicht verstarb er, weil es kaum etwas zu essen gab.

Auf dem großen Hof waren etliche Arbeiter und Arbeiterinnen beschäftigt. Weitere Familienangehörige, außer dem Sohn und der Mutter, gab es nicht. Eltern und Schwiegereltern der Mutter waren schon vor längerer Zeit verstorben Sie alleine hätte den Hof nicht führen können.

Der junge Mann, der ein paar Jahre älter als Cecilia war, interessierte sich bereits während der Schulzeit für sie. Ihr schien er auch zu gefallen. Und ihre Eltern hatten nichts gegen eine Verbindung. Er war ja auch eine gute Partie und verstand sich außerdem recht gut mit ihrem Vater. Wahrscheinlich sah er in ihm ein wenig einen Vaterersatz, da sein eigener Vater nicht mehr aus dem Krieg zurückgekehrt war. Und Cecilias hilfsbereiter Vater unterstützte seine Mutter hin und wieder auf dem Hof.

Cecilia wurde dann noch während ihrer Schulzeit schwanger. Als die Schwangerschaft sicher war, und sich schon ein kleiner Babybauch gebildet hatte, verlobten sich die jungen Leute.

Kurz vor der Geburt heirateten sie.

Cecilias Großmutter hatte ihr ein wunderschönes Kleid geschneidert, das sehr weit war und den Babybauch verdeckte.

Cecilia war eine sehr hübsche junge Frau. Sie wollte auch gerne ein Kind, aber hätte doch lieber noch etwas gewartet, sich vielleicht vorher gebildet, wäre gern auf eine weiterführende Schule gegangen; oder in die Großstadt gezogen, um eine kaufmännische Lehre zu beginnen. Dazu war jetzt keine Zeit mehr. Sie hatte nun ein Kind, das großgezogen werden musste. Aber sie dachte sich auch, dass es hätte schlimmer kommen können. Sie war ungewollt schwanger geworden. Damals gab es noch keine Verhütungsmöglichkeiten, wie heute; außerdem fehlte es an der nötigen Aufklärung. Wenn der junge Mann sie nicht geheiratet hätte, wäre es ihr sicherlich viel schlechter ergangen.

So hatte sie jetzt zumindest einen Vater für ihr Kind und einen Ehemann, der sie finanziell gut versorgen konnte.

Ihre Eltern waren zufrieden und freuten sich, über die gute Partie, die sie gemacht hatte, und über ein Enkelkind.

Nach der Hochzeit zog Cecilia auf den großen Hof zu ihrem Ehemann.

Ihre Schwiegermutter räumte die riesige Erdgeschoßwohnung für die kleine Familie. Sie brauchte für sich alleine nicht mehr so viel Platz.

Das Dachgeschoß wurde ausgebaut und für sie gemütlich eingerichtet.

Sie war damit sehr zufrieden und freute sich auf die neue Familie, die ihr einziger Sohn gegründet hatte, und sie erhoffte sich natürlich auch viele Enkelkinder.

Eine Woche nach dem Einzug kam Pia zur Welt.

Sie erblickte das Licht der Welt zu Hause, im Schlafzimmer ihrer Eltern, auf dem allergrößten Hof in dem kleinen Dorf.

Für die Geburtshilfe hatte die Familie lediglich eine Hebamme geholt.

Damals betreute meistens eine Hebamme die Schwangere. Geburten im Krankenhaus, wie heute sehr oft üblich, gab es damals wenig, schon gar nicht auf dem Land.

Aber ihre erste Geburt erfolgte komplikationslos. Das Kind, ein Mädchen, Pia, war auch gesund.

Cecilia konnte das Wochenbett nach mehreren Tagen verlassen.

Ihre Schwiegermutter war ganz stolz auf das kleine Mädchen und betreute es während der ersten Tage, sie hatte ja auch schon die notwendigen Erfahrungen diesbezüglich bei der Erziehung ihres Sohnes gesammelt, so dass sich Cecilia noch etwas erholen konnte.

Auch Cecilias Eltern waren stolz auf ihre einzige Tochter und freuten sich sehr auf die Enkelin. Sie vermissten sie allerdings doch oft, weil sie nicht mehr in ihrem Bauernhaus lebte, und sie auch keine weiteren Kinder mehr hatten.

Aber der große Hof war ja nicht so weit weg, und Cecilia und die Enkelin konnten besucht werden.

So wurde Pia in den 50er-Jahren geboren. Ihre sehr junge Mutter war einerseits glücklich, andererseits doch auch unzufrieden, weil sie gerne noch selber etwas gelebt hätte, bevor sie Mutter geworden wäre.

Sie hätte sich vorher noch ein paar Wünsche und Träume erfüllen wollen. Jetzt war sie mit der Kindererziehung beschäftigt. Aber sie bekam dabei Hilfe von allen Seiten, sowohl von ihrer Schwiegermutter Hildburg, als auch von ihrer eigenen Mutter. Selbst ihr Ehemann kümmerte sich um das kleine Mädchen, was damals nicht so üblich war. Meistens wurde ein Sohn gewünscht, und eine Tochter kam weniger gut an, zumindest beim ersten Kind. Aber er hatte sich sehr über seine Tochter gefreut.

Jedenfalls wurde Pia von ihrer gesamten Verwandtschaft verwöhnt.

Alle, Mutter, Vater, und Großvater und Großmütter, kümmerten sich um Pia und versuchten, so viel Zeit mit ihr zu verbringen, wie ihnen möglich war.

Sie war auch ein sehr hübsches und dazu noch ein fröhliches und freundliches Kind. Sie lachte sehr viel. Aber sie hatte auch alles, was sie sich wünschen konnte; und alle waren liebevoll zu ihr.

Sie war die Prinzessin.

Es gab anfangs keine Konkurrenz. Sie war das erste Baby in der Großfamilie.

Die erste und einzige Enkelin von Cecilias Eltern und Schwiegermutter, der Schwiegervater war schon lange vorher verstorben, im Krieg verschollen. Ein weiteres Baby gab es zu diesem Zeitpunkt noch nicht.

Ihre Mutter und ihr Vater waren beide Einzelkinder;

und es gab auch keine Tanten und Onkels mit kleinen Enkelkindern.

So wuchs Pia auf dem größten Hof des Dorfes, wo es etliche beschäftigte Arbeiter und Arbeiterinnen gab, auf. Da waren aber auch keine gleichaltrigen Spielgefährten in der näheren Umgebung.

Das schien ihr anfangs nicht viel auszumachen. Inmitten von Erwachsenen zu leben und wie eine Prinzessin verwöhnt zu werden, gefiel ihr.

Noch vor ihrer Einschulung änderte sich die Lage. Ihre Mutter wurde ein zweites Mal schwanger. Leider gab es aber für Pia ein noch viel negativeres Ereignis, nämlich die Krankheit ihres heißgeliebten Vaters.

Es ging alles schleichend. Eines Tages bekam er leichtes Fieber. Er dachte zuerst, dass eine Erkältung folgen würde. Aber Husten, Schnupfen oder Halsschmerzen, stellten sich nicht ein. Er hatte dazu noch starke Kopfschmerzen bekommen und fühlte sich immer schlechter und wurde auch schwächer. Er konnte keine anstrengenden Arbeiten auf dem Hof mehr verrichten.

Schließlich lag er nur noch im Bett und wurde immer kraftloser. Er hatte keinen Appetit mehr. Auch die Kräuter und naturheilkundlichen Behandlungen, Akupunktur und Akupressur, halfen nicht. Sie konnten seinen Gesundheitszustand nicht mehr verbessern. Es ging bergab, dabei war er noch so jung. Er konnte sich diese Entwicklung nicht erklären. Schließlich holte seine Mutter Hildburg einen Arzt.

Es war ein Spezialist, der aus der Großstadt kam. Er hatte schon vielen anderen kranken Menschen helfen können. Aber als er gekommen war und seine ausführlichen Untersuchungen vorgenommen hatte, sagte er der Mutter, dass er in diesem Fall nicht mehr helfen könnte. Man hätte ihn zu einem früheren Zeitpunkt aufsuchen müssen, dann wäre vielleicht noch eine Heilung möglich gewesen. Aber jetzt könnte er nichts mehr für ihren Sohn tun. Die Mutter war natürlich sehr enttäuscht, weil ihr dieser Arzt wärmstens empfohlen worden war.

Er hatte der Tante, die in der Kleinstadt wohnte, geholfen, als alle anderen glaubten, sie müsste bald sterben. Diese erholte sich aber dank seiner Behandlung und lebte immer noch. Die Mutter wollte nicht glauben und konnte es auch nicht verstehen, dass der Arzt ihren Sohn, der noch sehr jung war und früher fast immer gesund, jedenfalls nie ernsthaft krank, nicht heilen konnte, noch nicht einmal seine Krankheit verbessern.

Deshalb holte sie auch noch einen Arzt aus dem Nachbardorf.

Dieser verschrieb Medikamente gegen Schmerzen; aber das Fieber konnte er damit nicht senken. Ihr Sohn wurde immer schwächer.

Auch zwei Ärzte aus der Kleinstadt kamen.

Sie konnten aber nicht wirklich helfen.

Einer wandte Schmerzmittel und Betäubungsspritzen an, allerdings ohne Erfolg.

Der andere sagte, dass er ehrlich sein wollte und keine falschen Hoffnungen machen, oder teure Medikamente oder Behandlungen verordnen würde, die ohnehin nicht erfolgsversprechend wären, und deswegen erklären müsste, dass nicht mehr geholfen werden könnte. Das Fieber stieg weiter an; und der Sohn wurde immer schwächer.

Er aß nichts mehr. Seine Frau und seine Mutter fütterten ihn wie ein Baby. Aber bald war er so entkräftet, dass er in Ohnmacht fiel.

Er wurde ins nächste Krankenhaus, das sich in der Kleinstadt befand, gebracht. Dort sah man seinen Gesundheitszustand als sehr kritisch an. Den Angehörigen wurde wenig Hoffnung gemacht. Die Ärzte versuchten zwar, sein Leben zu retten, er war ja auch noch so jung, aber letztendlich ohne Erfolg.

Nach einem zweiwöchigen Krankenhausaufenthalt verstarb er. Er konnte nur noch mit dem Leichenwagen abgeholt werden.

Er wurde in seinem Heimatdorf, wo er geboren worden war, in der Friedhofskapelle aufgebahrt. Angehörige und Freunde verabschiedeten sich von ihm.

Dann wurde er beerdigt. Das war sehr schlimm, besonders für seine Mutter.

Es ist immer sehr tragisch für Eltern, wenn ihre Kinder vor ihnen sterben. Dazu kam noch, dass seine Mutter Hildburg keine weiteren Kinder hatte, er war ihr einziger Sohn gewesen.

Auch für seine Ehefrau war dies eine Katastrophe. Sie hatte ihren Ehemann letztendlich doch geliebt; und sie war dazu jetzt auch noch zum zweiten Mal wieder schwanger.

Ihr Ehemann wäre vielleicht noch viel früher gestorben, wenn sie nicht schwanger gewesen wäre. Er versuchte nämlich mit aller Kraft, eisernem Willen, zu überleben, weil er sich auf sein zweites Kind freute, er wollte es noch sehen, bevor er sterben würde. Dieser Wunsch wurde ihm aber nicht mehr erfüllt. Obwohl alles sehr knapp war. Eine Woche nach der Beerdigung erblickte dieses Kind das Licht der Welt. Es war ein gesunder Junge. Sein Vater hätte sich bestimmt sehr über ihn gefreut.

Cecilia empfand den Jungen, den ihr Mann sich gewünscht hatte, doch als Geschenk Gottes und nannte ihn entsprechend Matthäus.

Aufgrund der gegebenen Situation war die Stimmung natürlich nicht so gut wie bei der Geburt des ersten Kindes, Pia.

Alle Verwandten und Freunde waren erst einmal traurig, weil der Vater des neugeborenen Kindes nur wenige Tage vor dessen Geburt gestorben war.

Es kam nicht so viel Freude auf.

Das Kind wurde auch nicht mehr zu Hause mit Unterstützung einer Hebamme geboren. Cecilia hatte Angst, es vielleicht doch noch verlieren zu können, und begab sich rechtzeitig, eigentlich gleich nach der Beerdigung ihres Mannes, in die Kleinstadt, wo sich das nächste Krankenhaus, welches auch mit einer Geburtsstation ausgestattet war, befand. Dort wohnte sie zunächst bei einer Verwandten ihres toten Mannes, der älteren Tante der Schwiegermutter, so dass sie rechtzeitig und schnell, vor Geburtsbeginn, das Krankenhaus erreichen könnte. Ihre Tochter Pia ließ sie erst einmal bei ihrer Schwiegermutter im Dorf zurück.

Die Geburt verlief allerdings problemlos. Sie hätte den Krankenhausarzt nicht gebraucht. Die Hilfe einer Hebamme, wie bei der ersten Geburt, wäre ausreichend gewesen. Es gab überhaupt keine Komplikationen, und das Kind war auch kerngesund, obwohl die Mutter sich nicht in bester Stimmung befand, und auch ihre seelische Verfassung schlecht war. Sie musste den Tod ihres Mannes erst einmal verkraften. So schnell und in der bestehenden Situation hätte sie kein zweites Kind gewollt.

Wenige Tage nach der Geburt des gesunden Jungens verließ sie das Krankenhaus und ging in das Dorf zu ihrer Tochter Pia und ihrer Schwiegermutter zurück. Die Stimmung war dieses Mal drückend, und die Begrüßung fiel nicht so überschwänglich aus; obwohl sie doch gerade ein gesundes Kind geboren hatte.

Das hätten sich viele junge Frauen gewünscht. Ihre beste Freundin, die mittlerweile auch schon mehrere Jahre verheiratet war, blieb kinderlos.

Sie hätte gerne einen gesunden Jungen gehabt und wäre sehr glücklich darüber gewesen.

Pia war auch nicht zufrieden mit ihrem kleinen Bruder, dem so viel Aufmerksamkeit geschenkt werden musste. Er wurde gefüttert und gewickelt.

Außerdem war er so klein und schrie oft. Mit ihren fast 7 Jahren konnte sie noch nichts mit ihm anfangen. Sie wollte nicht mit Matthäus spielen. Er war so klein, konnte nicht reden, er war so empfindlich.

Sie hätte zum damaligen Zeitpunkt gerne auf ihn verzichtet und lieber wieder ihren Vater bei sich gehabt.

Auch die Freude der Großeltern und Großmutter über den zweiten Enkel hielt sich in Grenzen. Nach der Geburt Pias war das ganz anders gewesen.

Zwei Wochen vor der geplanten Einschulung Pias gab es weitere Veränderungen.

In dem kleinen Dorf, wo Pia geboren worden war und lebte, befand sich keine Schule, noch nicht einmal eine kleine Dorfschule.

Diese war zwei Dörfer weiter. Der Schulweg wäre beträchtlich lang gewesen, 12 Kilometer hin und 12 Kilometer zurück, und das von montags bis freitags. Es gab einen Schulbus, aber um bis zur Haltestelle zu kommen, hätte Pia auch noch mindestens zwei Kilometer laufen müssen.

Dieser Schulbesuch wäre eine zeitaufwendige Angelegenheit geworden.

Wenn Pia dann nach Besuch der Grundschule in eine weiterführende Schule hätte gehen wollen, wäre dies von diesem Dorf aus, so einfach nicht machbar gewesen. Sie hätte zur Schule hingebracht und auch wieder abgeholt werden müssen. Ihre Mutter Cecilia und die Schwiegermutter Hildburg, bei und mit der sie lebten, hatten kein Auto und keinen Führerschein.

Die nächstgelegene Realschule war in der Kleinstadt, das nächste Gymnasium befand sich in der Großstadt. Eine direkte Bus- oder Bahnverbindung gab es nicht.

Dazu kam noch, und wahrscheinlich war dieser Grund auch für den Veränderungswunsch ausschlaggebend, dass sich Cecilia ohne ihren Mann bei der Schwiegermutter nicht mehr richtig wohlfühlte.

Alles dort erinnerte sie an ihren so früh verstorbenen Ehemann. Es kamen viele Erinnerungen hoch. Sie brauchte eine Veränderung. Sie wollte nicht mehr an die Vergangenheit erinnert werden, jedenfalls nicht im Moment, wenige Wochen nach dem Tod ihres Mannes.

Vielleicht wäre dies in ein paar Jahren anders, weil sie ja auch eine sehr schöne Zeit mit ihm dort erlebt hatte. Jetzt wollte sie aber erst einmal vergessen. Und ihre Schwiegermutter war ihr dabei keine Hilfe.

Hildburg jammerte nur den ganzen Tag herum, über die Ungerechtigkeit, dass ihr Sohn so früh sterben musste.

Er war so herzlich, freundlich und hilfsbereit gewesen, hatte keinem Menschen Leid angetan.

Zuerst versuchte Cecilia ihre Schwiegermutter mit ins Boot zu nehmen. Deshalb schlug sie vor, den Hof zu verkaufen oder zu verpachten; und mit diesem Geld als Grundlage in die nächstgelegene Kleinstadt oder Großstadt zu ziehen. Aber das wollte die Schwiegermutter nicht. Sie hielt nichts von dieser Idee; war sogar ganz dagegen.

Hildburg wollte bis zu ihrem Lebensende auf dem Hof bleiben.

Sie meinte, das könnte sie nicht machen. Sie lebte schon so viele Jahre auf dem Hof.

Sie war seit ihrer Heirat dort. Sie blieb auch noch nachdem ihr Ehemann längst verschollen war. Jetzt wollte sie sich nicht mehr verändern.

Sie fand es nicht gut, dass Cecilia wegwollte. Sie meinte, dass sie mit einem Wegzug auch nicht alles vergessen könnte. Und die Enkelkinder müssten getrennt von ihren Großeltern und ihr, der Großmutter, aufwachsen, das wäre nicht schön.

Pia hatte sich ja schon an ihre Großmutter, die Schwiegermutter von Cecilia, gewöhnt.

Sie war immer für sie da gewesen, Hildburg war fast eine zweite Mutter für sie geworden.

Aber Cecilia blieb bei ihrer Entscheidung, wegzuziehen, und zwar sobald wie möglich, noch vor der Einschulung Pias.

Das konnte sie auch tun. Finanziell war es problemlos für sie; sie war unabhängig, da sie einiges von ihrem toten Mann geerbt hatte.

Natürlich gefiel ihr die Trennung von ihren Eltern und der Schwiegermutter Hildburg auch nicht. Dann war ihr schon bewusst, dass sie inzwischen zwei Kinder hatte.

Auf dem Dorf waren die Kinder immer gut versorgt bei ihrer Schwiegermutter oder ihren Eltern, wenn sie einmal Zeit für sich brauchte, oder etwas unternehmen wollte, oder sich nicht wohlfühlte. Diese Bequemlichkeit würde sie dann nicht mehr haben.

Und ob sie wirklich zufriedener wäre und die schlimmen Ereignisse schnell vergessen könnte, das war auch sehr unsicher, stand noch in den Sternen.

Trotzdem, ihre Entscheidung hatte Cecilia getroffen.

Sie wollte so schnell wie möglich wegziehen, entweder in die nächstgelegene Kleinstadt oder gleich in die Großstadt. Weder ihre Eltern noch ihre Schwiegermutter konnten sie davon abhalten. Hildburg verfügte über genügend Personal, um den Hof weiterführen zu können; und es wäre auch immer jemand für sie da, wenn sie Hilfe bräuchte.

Um Hildburg musste Cecilia sich keine Sorgen machen. Ihre Eltern waren noch nicht so alt und gebrechlich, beide gesund.

Außerdem halfen auch ein weitläufiger Verwandter und seine Frau auf dem Hof mit. Kurz nach Cecilias Heirat zog das Ehepaar dort ein. Der Verwandte hatte sich mit seiner Mutter zerstritten, weil diese gegen seine Ehe war. Sie hatte bereits eine Frau für ihn ausgesucht. Eine Frau aus der Kleinstadt, die ein Vermögen von ihren Eltern geerbt hatte. Aber er verliebte sich in seine Frau, zu der er stand, die er dann auch heiratete, als sie schwanger wurde, gegen den Wunsch und Willen seiner Mutter.

So konnte Cecilia guten Gewissens, ohne sich Vorwürfe machen zu müssen, wegziehen, das Dorf verlassen.

Letztendlich entschied sie sich für einen Umzug mit ihren Kindern in die Großstadt.

Pia wurde nicht gefragt, ob sie wegwollte, in die Großstadt ziehen.

Ihre Wünsche wurden nicht berücksichtigt.

Cecilia, Pias Mutter, meinte, in einem Alter unter 7 könnte sie so eine Entscheidung nicht treffen, dafür wäre sie noch viel zu jung.

Es müsste von ihr für sie entschieden werden.

Auch für das Baby, Pias Bruder Matthäus, musste natürlich Cecilia entscheiden.

Cecilia war in einem Dorf geboren und dort aufgewachsen.

Sie hatte lediglich ein paar Jahre gut behütet bei einer alten Tante ihrer Mutter in der nahegelegenen Kleinstadt verbracht, als sie die Realschule besuchte. Danach war sie wieder in ihr Dorf zurückgekehrt und dort aus dem elterlichen Bauernhaus in den großen Hof zu ihrem Mann gezogen. In einer Großstadt hatte sie noch nie gelebt. Sie kannte das Großstadtleben nicht.

Bei ihrer Entscheidung für die Großstadt dachte sie vor allem an ihre Tochter Pia, die dann einen kurzen Schulweg hätte und auch ohne Probleme ein Gymnasium besuchen könnte.

Wie man sie als alleinerziehende Mutter mit zwei Kindern aufnehmen würde; ob sie dort wieder so nette und hilfsbereite Freundinnen finden könnte, wie es sie im Dorf gab, ob sie wirklich all die negativen Ereignisse der letzten Monate, vor allem den Tod ihres Mannes, schnell vergessen würde, sich ablenken könnte, wusste sie nicht.

Sie hatte den Vorteil, dass sie, trotz des frühen Todes ihres Ehemannes und dem Umstand, dass sie keinen Beruf erlernt hatte, finanziell nicht auf die Hilfe von Dritten angewiesen war. Sie konnte nicht so leicht zum Sozialfall werden.

Ihr Mann hatte ihr ein beträchtliches Barvermögen vererbt.

Das würde sogar für ein Reihenhaus am Rande der Großstadt reichen; und der Rest war als Startgeld gedacht. Zuerst, d.h. ca. 6-7 Jahre, wollte sie sich, zumindest bis ihr kleiner Sohn Matthäus eingeschult werden würde, nur um die Kinder kümmern und nicht arbeiten gehen.

Ein geringer noch verbleibender Rest des geerbten Geldes sollte als Notgroschen dienen.

Außerdem dachte Cecilia, wenn sie dennoch dringend finanzielle Mittel aus irgendwelchen unvorhersehbaren Gründen benötigen würde, könnte sie sich auch mit ihren beiden Kindern in die kleine Wohnung des Hauses zurückziehen und die große vermieten.

Das waren ihre Gedanken und ihre Planung bezüglich des Wegzugs und ihres Neustarts in der Großstadt.

Cecilia wollte sich erst einmal alleine auf den Weg in die Großstadt machen, um zu sehen, ob dies alles so durchführbar wäre, wie sie es geplant hatte. Die Kinder brachte sie dieses Mal zu ihren Eltern, weil die Schwiegermutter Hildburg mit der Betreuung von zwei Kindern, und vor allem mit dem Säugling Matthäus, doch etwas überfordert gewesen wäre.

Die Großeltern freuten sich, für eine Woche ihre beiden Enkelkinder bei sich haben zu können.

Sie erzählte ihren Verwandten, dass sie dringend eine Woche Urlaub benötigen würde.

Sie müsste sich erholen und vergessen. Das verstanden alle. Da sie noch nie in einer Großstadt war, wollte sie dorthin fahren.

Allerdings konnten die meisten Verwandten nicht begreifen, dass Cecilia einfach so losziehen wollte,

um für eine Woche in der Großstadt zu entspannen.

Sie kannte niemanden dort, sie hatte vorher kein Zimmer gemietet. Vielleicht war alles ausgebucht, und sie würde überhaupt keine Übernachtungsmöglichkeit finden, wo sollte sie dann schlafen, auf einer Bank im Bahnhof vielleicht, und mit dem nächsten Zug wieder zurückfahren? Auch hatte sie keine Fahrkarte gekauft.

Was würde sie tun, wenn der Bus oder die Bahn nicht pünktlich fahren würden, die Anschlussverbindung nicht mehr erreicht werden könnte? Dann müsste sie gleich wieder zurück ins Dorf kommen.

Da gab es so viele Zweifel. Außerdem wurden Bedenken angemeldet. Man machte ihr auch Angst. Cecilia alleine, als noch recht junge Frau, in der Großstadt; vielleicht würde man sie gleich ausrauben, vergewaltigen, oder sogar umbringen.

Besonders ihre Mutter fand diese Idee, von dem einwöchigen Urlaub in der Großstadt, überhaupt nicht gut. Sie versuchte sie mit allen Mitteln davon abzubringen. Machte ihr Gegenvorschläge. Sie könnte doch auch die alte Tante in der Kleinstadt besuchen und dort einen Urlaub verbringen.

Die Tante würde ihr dann alle Sehenswürdigkeiten zeigen und mit ihr ausgehen. Aber das wollte Cecilia nicht. Sie hatte sich auch gegen die Kleinstadt entschieden und die Großstadt vorgezogen. Angst, vor einem Großstadtleben, kam bei ihr nicht auf. Letztendlich packte Cecilia einen kleinen Koffer, legte schon am frühen Morgen den recht weiten Weg zur Bushaltestelle zurück, gelangte in die Kleinstadt und nahm von dort aus den Zug, um in die Großstadt zu kommen. Am Abend erreichte sie den Bahnhof in der Großstadt.

Aufgrund der Jahreszeit, Sommer, war es glücklicherweise noch hell. Sie kannte sich in der Großstadt nämlich überhaupt nicht aus, sie war noch nie dort gewesen. Die ganze Reise war sehr beschwerlich und hatte doch länger gedauert, als sie dachte.

Glücklicherweise fand Cecilia gleich in Bahnhofsnähe eine kleinere Pension, die einem netten älteren Ehepaar gehörte. Die Frau, die am Empfang saß, begrüßte sie herzlich. Es war auch noch ein Zimmer frei. Sie sah es sich an und entschloss sich sofort, das Zimmer mit Frühstück für eine Woche zu nehmen. Jetzt war sie erst einmal erleichtert.

Sie konnte sich ausruhen und schlafen, weil sie nach der langen und beschwerlichen Reise, mit dem Koffer in der Hand, doch müde geworden war. Sie fühlte sich von Anfang an sicher und geborgen in dieser Pension. Todmüde fiel sie ins Bett.

Am nächsten Morgen wachte Cecilia gut ausgeruht auf, machte sich frisch, und begab sich in den Frühstücksraum, wo sie ein ausgedehntes Frühstück zu sich nahm.

Sie freute sich und war guten Mutes. Schließlich hatte sie doch erst einmal alles erreicht, was sie wollte, trotz der Bedenken und Warnungen ihrer Verwandten.

Sie hatte die Reise in die Großstadt gewagt, war gut angekommen und konnte sogar ein bezahlbares Zimmer bei netten Leuten in einer Pension finden. Den Rest würde sie auch noch schaffen.

Aufgrund der anstrengenden Reise und Erschöpfung am Vortag, hatte sie sehr lange geschlafen und war recht spät aufgestanden und in den

Frühstücksraum gegangen, so dass die meisten anderen Pensionsgäste schon gefrühstückt hatten und längst unterwegs waren.

Die Pensionsbesitzerin hatte nun etwas Zeit. Die Frühstückszeit war vorbei. Es mussten keine weiteren Bewirtungen mehr vorgenommen werden. Sie war eine sehr nette ältere Dame mit reichlich Lebenserfahrung.

Natürlich war sie auch neugierig; und sie fragte sich, warum eine so junge Frau alleine in die Großstadt reist und ein Zimmer für eine Woche mietet. Anscheinend wollte sie sich auch nicht mit jemandem treffen, denn es war niemand gekommen, um sie von der Pension abzuholen.

So ging sie auf die junge Frau zu, wünschte ihr einen guten Morgen und fragte, ob sie ihr irgendwie helfen könnte.

Cecilia fand die Frau sympathisch und erklärte ihr, warum sie in die Großstadt gekommen war; nämlich um am Rande der Stadt ein bezahlbares Haus zu finden, wo sie mit ihren Kindern leben könnte.

Cecilia dachte, vielleicht kennt sie jemanden, der solch ein Haus verkaufen will.

Cecilia wusste nämlich gar nicht, an wen sie sich wegen des Hauskaufes überhaupt wenden könnte, wie sie zu einem Haus kommen sollte; das hatte sie sich vorher leider nicht genau überlegt, nicht geplant.

Sie kann doch nicht einfach bei den Leuten, die in kleinen Häusern am Stadtrand wohnen, läuten um nachzufragen, ob sie ihr Haus verkaufen möchten.

Vielleicht wollte sie sich aber auch erst in der Stadt umsehen, um festzustellen, ob sie überhaupt mit ihren Kindern dorthin ziehen würde.

Aber natürlich wäre es das Beste, alles ginge schneller und würde vereinfacht werden, wenn sie gleich beim ersten Besuch in der Großstadt, ein geeignetes Haus finden würde, kaufen könnte, und umgehend ein Umzug planbar wäre.

Sicher war sich Cecilia jetzt auch, dass sie mit ihren beiden Kindern in dieser Großstadt leben wollte.

Dazu war für ihre Planungen Eile angebracht, weil die Einschulung Pias bevorstand.

Die Dorfschule mit dem beschwerlichen Schulweg sollte ihrer Tochter erspart bleiben.

Die alte Dame kannte keinen, der gerade ein, am Stadtrand gelegenes, Haus verkaufen wollte.

Aber sie gab ihr gute Ratschläge und Informationen. Sie lebte ja schon lange in dieser Großstadt.

Auch nannte sie ihr den Namen und die Anschrift einer Maklerin, die ihr Büro im Zentrum der Stadt hatte. Vielleicht würde ihr diese solch ein Haus vermitteln können.

Zuerst dachte die alte Dame, dass die junge unbedarfte Frau aus dem Dorf verträumt wäre, nicht in der Realität lebend, und wieder dahin zurückgebracht werden müsste.

Aber sie merkte schnell, dass dies doch nicht der Fall war.

Cecilia dachte realistisch und verfügte schon über eine größere Summe von Bargeld, mit der auch in der Großstadt ein Hauskauf möglich ist. Sie war klug genug gewesen, das Geld nicht gleich mitgenommen zu haben. Es stellte sich schnell heraus, dass sie bestimmt kein Dummchen vom Dorf war.

Cecilia wusste was sie wollte, war realistisch und klug.

Ob ihr allerdings das Großstadtleben gefallen würde, und sie wirklich dortbleiben wollte?

Jedenfalls war Cecilia jetzt überglücklich schon Schritt zwei ihrer Planung vornehmen zu können, nämlich nach dem passenden Haus zu suchen.

Außerdem hatte sie sich gefreut, die nette alte Dame, die so hilfsbereit gewesen war, getroffen zu haben.

Nach dem Gespräch mit ihr, machte sich Cecilia auf ins Stadtzentrum zum Büro der Maklerin. Die Pensionswirtin hatte ihr eine sehr genaue Wegbeschreibung mitgegeben.

Sie war überrascht, als sie durch die Straßen der Großstadt ging, so viele Menschen auf einmal und zusammengedrängt.

Solche Menschenansammlungen hatte sie noch nie zuvor gesehen. Sie gingen aneinander vorbei, ohne sich zu begrüßen.

Auf der Straße gab es ein Gedränge, und die Menschen waren in Eile. Daran musste sie sich erst noch gewöhnen.

Aber trotzdem erreichte sie, wahrscheinlich auch aufgrund der ausgezeichneten Wegbeschreibung der Pensionswirtin, in weniger als 20 Minuten das Büro der empfohlenen Maklerin.

Dort wurde sie von einer Sekretärin begrüßt, die sie in einen Vorraum schob und ihr Schreibstift und Fragebogen gab. Cecilia machte sich viel Mühe beim Ausfüllen des Bogens.

Sie trug alle ihre Daten ein, neben ihrem Namen, ihrer Adresse, auch genau, was sie suchte, wieviel dafür auszugeben, sie bereit war.

Allerdings konnte sie keine Stadtviertel und keine Straßen angeben, die sie bevorzugen, oder solche, in denen sie nicht wohnen wollen, würde. Dann musste sie noch unterschreiben.

Vor dem Unterschriftsfeld waren einige Bedingungen vermerkt; u.a. sollte sie eine Provision im Fall einer erfolgreichen Vermittlung an die Maklerin bezahlen. Diese Gebühr erschien ihr sehr hoch.

Aber sie unterschrieb trotzdem und überlegte, ob es noch andere Möglichkeiten, ohne die Dienste einer Maklerin in Anspruch nehmen zu müssen, gibt, um an ein Haus zu kommen.

Nachdem sie den ausgefüllten Bogen der Sekretärin zurückgegeben hatte, musste sie sich noch etwas gedulden. Sie setzte sich wieder ins Wartezimmer.

Ein älterer Herr gesellte sich zu Cecilia. Er fragte sie väterlich, ob sie neu in der Stadt wäre und ein Zimmer oder eine kleine Wohnung benötigen würde.

Ja, entgegnete sie ihm, sie sei neu hier, würde aber weder ein Zimmer noch eine Wohnung zur Miete suchen, sondern ein Haus kaufen wollen. Er lachte, ein Haus kaufen, das wäre doch viel zu teuer, ob sie denn wisse, was hier in der Großstadt ein Haus kosten würde.

Glücklicherweise wurde das Gespräch von der Sekretärin unterbrochen. Sonst hätte sich Cecilia mit dem alten Mann angelegt. Sie war zwar noch jung aber nicht doof. So musste sie sich nicht behandeln lassen.

Sie wurde jetzt in das Zimmer der Maklerin hereingerufen.

Diese war glücklicherweise sehr ernsthaft und machte keine dummen Bemerkungen.

Sie erklärte ihr kurz ihre Vorgehensweise. Dann nahm sie eine Mappe, welche Häuser mit Fotos, Beschreibung und Kaufpreisangabe, enthielt.

Sie zeigte ihr zwei Häuser daraus und meinte, dass beide Häuser wohl ihren Vorstellungen entsprechen würden. Cecilia schaute sie sich an.

Das erste gefiel ihr auf Anhieb. Es sah sauber aus, als ob es gerade renoviert worden wäre.

Außerdem gab es neben einem Balkon in der ersten Etage auch noch einen kleinen Vorgarten. Cecilias Ansprüche waren nicht so hoch, sie wollte auch nicht so viel bezahlen.

Ihre Absicht war es nicht, das komplette geerbte Geld für das Haus auszugeben.

Es musste noch ein Notgroschen übrigbleiben und Geld für die Erziehungsphase, in der sie nicht arbeiten wollte.

Das zweite gefiel ihr überhaupt nicht.

Es war wuchtig und wirkte alt und renovierungsbedürftig, Balkon gab es keinen. Seitlich befanden sich zwei Garagen, welche sie nicht benötigt hätte.

Cecilia erklärte der Maklerin, dass ihr das erste Haus gefallen würde, das zweite nicht.

Die Maklerin wollte daraufhin einen Termin mit Cecilia vereinbaren, damit sie das Haus besichtigen könnte. Cecilia wäre am liebsten gleich mit der Maklerin dorthin gegangen. Aber die hatte kurzfristig keine Zeit dafür.

Es war erst Ende der Folgewoche ein Besichtigungstermin frei. Das dauerte Cecilia nun doch zu lange, weil sie ja schon Ende der Woche wieder zurückfahren wollte.

Sie konnte ihre Kinder auch nicht so lange bei ihren Eltern lassen; dazu kommt, dass sich die Eltern Sorgen gemacht hätten, wenn Cecilia nicht wie vereinbart, nach einer Woche, wieder zurückgekehrt wäre.

Deshalb sagte sie ab und überlegte, was es sonst noch für Möglichkeiten geben könnte, um kurzfristig ein passendes Haus zu finden.

Da waren ja auch die Tageszeitungen. Weil es inzwischen schon früher Nachmittag wurde, und sie noch nichts erreicht hatte, beschloss sie, wieder zurück in Richtung Bahnhof in die Pension zu gehen.

Vorher wollte sie sich aber eine Tageszeitung holen, vielleicht würde jemand, der ein Haus verkaufen will, es darin angeboten haben.

Cecilia suchte einen Schreibwarenladen, wo Zeitungen und Zeitschriften verkauft wurden, auf. Sie fragte die Verkäuferin nach den Tageszeitungen der Großstadt, und ob darin auch Häuser zum Kauf angeboten werden würden.

Die Verkäuferin erklärte ihr, dass ein Angebot in der Wochenendausgabe zu finden wäre, unter der Woche eher nicht.

Jetzt war die Montagsausgabe aktuell. Die Verkäuferin hatte aber vom Wochenende noch mehrere Zeitungen übrig. Sie schenkte ihr eine davon.

Cecilia bedankte sich dafür und ging auf ihr Zimmer in der Pension zurück. Dort studierte sie die Zeitung ausführlich und ganz besonders den Immobilienteil.

Sie fand eine Anzeige, die sie ansprach. Die Beschreibung des Hauses gefiel ihr, aber es fehlte eine Kaufpreisangabe; dazu kam, dass sie den Stadtteil, in dem es sich befand, nicht kannte.

Außerdem war die Anzeige mit einer Chiffre-Nummer versehen.

Das hieß, dass sie über keine Anschrift verfügte, so dass sie das Haus hätte kurzfristig begutachten können. Cecilia wollte es sich zumindest einmal ansehen, um festzustellen, ob es ihr überhaupt gefallen könnte, und es sich lohnen würde, einen Brief zu schreiben, um ihr Interesse an dem Haus anzuzeigen.

Ob, und wie schnell, sie eine Rückantwort bekommen könnte, war ihr nicht klar.

Aber Cecilia wollte es versuchen. Also ging sie noch einmal los, suchte den nächsten Tante-Emma-Laden auf, um sich eine Kleinigkeit zum Essen zu kaufen, und ging danach ins Schreibwarengeschäft zurück, wo sie sich etwas zum Schreiben, einen Stift, Schreibblock und mehrere Briefumschläge, holte. Jetzt war nicht mehr die nette Verkäuferin dort, sondern ein älterer Mann.

Als sie die Pension erreichte, saß die alte Dame wieder am Empfangstresen. Sie fragte Cecilia, ob sie ein passendes Haus gefunden hätte.

Cecilia verneinte und erzählte ihr von ihrer erfolglosen Bemühung und auch davon, was sie jetzt noch zu unternehmen gedachte. Die alte Dame fragte sie, ob sie ihr dabei helfen könnte.

Cecilia nahm diese Hilfe an. Sie stellte ihr zuerst Fragen über den Stadtteil in der Chiffre-Anzeige.

Die Dame kannte diesen Stadtteil leider nicht. Sie gab Cecilia aber einen Plan von der Großstadt, darin waren auch Bus- und Straßenbahnlinien verzeichnet.

Cecilia fand diesen Stadtteil schnell. Er lag nicht im Zentrum, sondern weit außerhalb.

Da es bald dunkel würde; und sie sich in dieser Großstadt überhaupt nicht auskannte, entschied sie sich dazu, am nächsten Morgen mit Bus und Straßenbahn dorthin zu fahren, bevor sie sich die Mühe machen wollte, einen Brief zu schreiben.

Vielleicht würde es ihr dort nicht gefallen, oder die Gegend war doch zu abgelegen.

Aber irgendwie war ein Haus in einem Vorort doch das, was sie suchte. Allerdings musste es ihr dort auch gefallen und das Haus natürlich für sie bezahlbar sein.

Am nächsten Morgen stand sie früh auf.

Cecilia erreichte den Stadtteil vom Bahnhof aus mit Bus und Straßenbahn nach mehrfachem Umsteigen. Aber sie hatte ja den Stadtplan mitgenommen und fand damit alle Anschlüsse problemlos.

Am späten Vormittag war sie im gewünschten Stadtteil angekommen.

Sie stieg an der ersten Haltestelle aus. Sie stellte fest, dass dieser Stadtteil etliche Haltestellen hatte.

Cecilia lief weiter den Straßenbahnschienen entlang. Sie hatte ja eine Beschreibung des Hauses in der Tageszeitung vom Wochenende bekommen und auch den Namen des Stadtviertels, aber nicht die Straßenbezeichnung; und es gab so viele Häuser, die auf die Beschreibung passten.

Manche Straßen waren ansprechend, andere nicht. Es gab die Hauptstraße, welche sehr laut war, dort verkehrten sowohl Straßenbahnen als auch Busse, aber auch ruhige Seitenstraßen.

Sie notierte sich den Namen der Hauptstraße, dort wollte sie nicht wohnen, und auch Seitenstraßennamen, wo es ihr gefallen könnte. Als Cecilia sich müde gelaufen hatte, fuhr sie wieder zur Pension in ihr Zimmer zurück.

Es war mittlerweile Abend geworden, und sie war so erschöpft, dass sie sofort einschlief.

Am nächsten Morgen, als sie am Frühstückstisch saß, fragte sie die nette Pensionswirtin, wo sie den gewesen sei, sie hätte sie den ganzen Tag nicht gesehen und sich schon Sorgen gemacht. Cecilia war etwas eingeknickt und niedergeschlagen, auch konnte man ihr die Strapazen des vergangenen Tages ansehen.

Der dritte Tag der Woche war schon angebrochen; und sie hatte im Grunde gar nichts erreicht.

Es blieben ihr nur noch zwei weitere Tage. Sie war den Tränen nahe. Die Wirtin versuchte, sie aufzumuntern.
Sie schlug Cecilia vor, vielleicht erst einmal eine Mietwohnung zu suchen, damit sie kurzfristig und recht schnell mit ihren Kindern in die Großstadt ziehen könnte, und ihre Tochter Pia auch dort eingeschult werden würde und nicht innerhalb von Wochen die Schule wechseln müsste.

Ein Hauskauf wäre eine Sache, die gut zu überlegen sei; dafür sollte Cecilia sich lieber genügend Zeit nehmen und nicht das Erstbeste kaufen. Eine Mietwohnung kann kurzfristig wieder verlassen werden, wenn es einem dort nicht gefällt. In der Regel ist es in einer Großstadt relativ schnell möglich, einen Nachmieter zu finden, dann führt das zu keinem oder einem geringen finanziellen Verlust, falls doch nicht gleich ein Nachmieter gefunden wird, den auch der Vermieter akzeptiert.

Aber beim Kauf eines Hauses und kurzfristigem Wiederverkauf, kann viel Geld verloren werden.

Die alte Dame erklärte weiter, dass es doch vernünftiger wäre, nicht gleich ein Haus zu kaufen, sondern erst einmal abzuwarten, auch um zu sehen, ob sich Pia in der neuen Umgebung in der Großstadt wohlfühlen könnte.

Auch musste Cecilia selbst wirklich langfristig dortbleiben wollen.

Diese Bedenken hatte sie vorher nicht gehabt und solche Gedanken auch nicht.

Aber die alte Dame hatte ja Recht. Cecilia war ihr dankbar für ihre Ratschläge.

Die Pensionswirtin behandelte Cecilia wie eine Tochter.

Sie sagte Cecilia, dass sie auch eine sehr liebe Tochter gehabt hätte. Diese überlebte leider einen Autounfall nicht. Das konnte Cecilia nicht passieren, sie besaß weder ein Auto noch einen Führerschein. An beidem hatte sie auch nicht wirklich Interesse. Aber sie wollte ein schönes bezahlbares Haus am Rande der Großstadt haben, in dem sie mit ihren Kindern leben konnte, und ohne weitere Verzögerungen.

Cecilia wandte sich an ihre Pensionswirtin und fragte sie, ob denn eine Mietwohnung sehr schnell gefunden werden könnte; und ob es Sinn machen würde, deswegen noch einmal die Maklerin aufzusuchen. Sie riet ihr dazu.

Cecilia wollte aber vorher erst noch einmal die Wochenendausgabe der Tageszeitung durchblättern und nachsehen, ob darin auch für sie interessante Mietwohnungen angeboten worden waren.

Cecilia dachte, wenn die Maklerin nochmals eine Woche Zeit für einen Termin benötigt, könnte sie das vergessen, weil sie ja am Wochenende wieder zurückfahren wollte; und auch die vereinbarte Vermittlungsprovision fand sie recht hoch. Vielleicht war aber doch noch, kurzfristig etwas zu machen.

Sie fand die Anschrift einer Baugenossenschaft, welche Mieter für mehrere Wohnungen suchte. Dort wollte sie im Laufe des Tages hingehen.

Dann gab es noch zwei weitere Privatadressen.

Es wurde ein Mieter für eine Dreizimmerwohnung im Innenstadtbereich und ein Nachmieter für eine Wohnung in Bahnhofsnähe gesucht.

Sie beschloss, sobald wie möglich alle 3 Adressen aufzusuchen.

Anhand des Stadtplans fand sie schnell die Lage der Straße, in der sich die Baugenossenschaft befand, und fuhr mit dem Bus dorthin.

Diese Gegend gefiel ihr überhaupt nicht. Aber vielleicht waren ja die Wohnungen der Baugenossenschaft nicht in diesem Viertel, sondern anderswo. Vielleicht befand sich nur das Büro hier. Also suchte sie das Büro der Baugenossenschaft auf. Die Dame dort erklärte ihr, dass mittlerweile nur noch eine Dreizimmerwohnung frei wäre. Cecilia fragte, ob sie sich diese ansehen könnte.

Die Dame sagte zu.

Sie meinte, wenn sie einen kleinen Moment warten würde, könnte sie den Hausmeister rufen, er würde ihr die Wohnung dann zeigen, diese stünde schon leer.

Cecilia wartete. Es kam nach einigen Minuten ein jüngerer Mann.

Er meinte, die Wohnung wäre um die Ecke, sie bräuchte nicht weit zu laufen. In der nächsten Seitenstraße befanden sich mehrere Häuserblocks.

Beim zweiten schloss er die Eingangstür auf, danach die Tür der Erdgeschosswohnung. Diese stand wirklich leer. Aber sie gefiel Cecilia nicht. Sie hatte keinen Balkon.

Das Badezimmer war winzig und ohne Fenster.

Vom Wohnzimmer aus sah man in einen total vergammelten Hinterhof, in dem sich der Müll stapelte. Dazu roch es im Hausflur schlecht. Das gefiel ihr nicht; auch nicht die Gegend, in der die Wohnung lag. Der Hausmeister meinte, dass sie sofort einziehen könnte. Aber das wollte sie nicht. In so eine Gegend, in so einen trostlosen Block und in so eine Wohnung, wollte sie nicht einziehen, das konnte sie ihren Kindern nicht zumuten. Sie ging mit dem Hausmeister zur Dame ins Büro der Baugenossenschaft zurück und erklärte ihr, dass sie doch nicht an der Wohnung interessiert wäre.

Dann machte sich Cecilia auf den Weg zu der Dreizimmerwohnung im Innenstadtbereich. Diese lag in einer ruhigen Seitenstraße.

Die Gegend war sehr schön und um die Ecke befand sich eine Bushaltestelle. Sie läutete dort, aber niemand öffnete.

Cecilia beschloss daraufhin, noch eine Runde um den Block zu laufen und dann wieder zurückzukommen; vielleicht wäre mittlerweile der Vermieter eingetroffen. Bei ihrem zweiten Versuch hatte sie dann mehr Glück, die Tür wurde ihr geöffnet. Sie traf eine ältere Dame an, die erklärte ihr, dass die Wohnung noch nicht vermietet wäre.

Es gäbe aber sehr viele Mietinteressenten.

Sie zeigte ihr die Wohnung, welche Cecilia auch gut gefiel.

Sie war sonnig mit großem Badezimmer und hatte sogar einen Balkon; das sehr gepflegt wirkende Haus lag an einem Hang. Cecilia war begeistert; auch der doch recht hohe Mietpreis schreckte sie nicht ab.

Sie wollte die Wohnung haben und wäre am liebsten sofort dort mit ihren Kindern eingezogen. Aber die Dame schrieb dann Cecilias Namen und Anschrift auf, sowie einige andere Daten zu ihrer Person, und erklärte ihr, dass sie sich in der genannten Pension bei ihr melden würde.

Jetzt ließ Cecilias Anfangsbegeisterung wieder nach.

Sie fuhr zurück in Richtung Bahnhof. Da es noch nicht dunkel war, als sie ankam, beschloss sie, bevor sie zurück in die Pension gehen wollte, sich die nächste Wohnung, für welche ein Nachmieter gesucht wurde, anzusehen.

Sie fand die Straßenanschrift sehr schnell, schon bei ihrer Ankunft in der Großstadt hatte sie diese Straße überquert, und läutete an der Tür.

Es wurde ihr auch geöffnet. In der Wohnung befand sich eine Familie mit mehreren Kindern.

Die Frau sagte ihr, dass sie kurzfristig umziehen müssten, da ihr Mann von seiner Firma in eine andere Stadt versetzt worden war. Deshalb suchten sie einen Nachmieter. Das passte Cecilia ganz gut.

Die Wohnung war zwar nicht das Optimale für sie, aber auch nicht schlecht, groß genug für Cecilia und ihre beiden Kinder, außerdem zentral gelegen. Sogar einen Abstand für Küchen- und Badezimmereinrichtung war sie bereit zu bezahlen.

Sie hatten kurzfristig einen Termin mit dem Vermieter für den kommenden Tag ausgemacht.

Cecilia gab ihre Daten der Familie und versprach, am nächsten Abend pünktlich um 18:00 Uhr da zu sein.

Sie freute sich schon. Das wäre die Gelegenheit und Möglichkeit am Wochenende, wie versprochen, wieder zurückzufahren und baldmöglichst danach mit ihren Kindern dort einzuziehen.

Jetzt ging sie froh und guten Mutes in ihr Zimmer in der Pension zurück. Die Pensionswirtin war nicht, wie üblich, am Empfangs-Tresen.

Ihr Mann erklärte Cecilia, dass sie heute Abend frei hätte und mit ihren Freundinnen zusammen etwas unternehmen würde.

Am nächsten Morgen beschloss Cecilia doch noch vor dem Frühstück, auf die Chiffre-Anzeige in der letzten Wochenendausgabe der Tageszeitung wegen des Hauskaufs zu schreiben.

Beschwingt und fröhlich erschien sie zum Frühstück. Die Pensionswirtin, die wieder zurück von ihrem Frauenabend war, fragte sie, ob sie denn
schon so schnell eine passende Wohnung gefunden hätte.

Cecilia erklärte ihr, dass sie am Abend einen Termin mit einem Vermieter hätte.

Die Wirtin riet ihr aber zur Vorsicht, doch noch einmal tagsüber die Maklerin aufzusuchen, um sicher
zu gehen, weil sich der Vermieter bestimmt mit
mehreren Interessenten trifft und sich dann für einen Mieter entscheidet.

Cecilia war optimistisch; sie glaubte, dass sich der
Vermieter für sie entscheiden würde. Die Familie,
die noch in der Wohnung lebte und demnächst aus-
zuziehen plante, hätte bestimmt sie als Nachmieter
dem Vermieter empfohlen, weil sie ja auch bereit
war, der Familie einen beträchtlichen Abstand zu
bezahlen.

Cecilia war sich recht sicher, diese Wohnung zu bekommen und beschloss deshalb, kein zweites Mal
mehr die Maklerin zu besuchen.

Vielleicht gab es aber noch andere Makler in dieser
Großstadt. Sie wollte dies herausfinden.

Anstatt diese Maklerin aufzusuchen, ging sie in das
große Postamt am Bahnhof und ließ sich dort das
Telefonverzeichnis geben. Sie fand 10 weitere
Maklerfirmen und schrieb sich die Adressen auf.
Ein Makler befand sich sogar in Bahnhofsnähe, so
dass sie sich dann doch durchrang, dorthin zu gehen, noch vor ihrem Termin um 18:00 Uhr mit dem

Vermieter. Aber sie hatte Pech, das Büro war wegen Urlaubs geschlossen.

Cecilia ging in ihr Pensionszimmer zurück und machte sich zurecht.

Schließlich wollte sie gut aussehen, beeindrucken, und die Wohnung zur Miete bekommen.

Kurz vor 18:00 Uhr läutete Cecilia an der Wohnungstür, die ihr auch umgehend geöffnet wurde, und sie traf auf den Vermieter. Er begrüßte sie freundlich, aber er stellte ihr Fragen, wann und mit wem sie einziehen wollte und auch warum. Diese konnte sie alle gut beantworten; und er war zufrieden.

Aber dann wollte er wissen, was für einen Beruf sie hätte, wo sie arbeiten würde, und wie hoch ihr monatlicher Verdienst wäre.

Damit hatte sie nicht gerechnet. Sie erklärte ihm ehrlich, dass sie keinen Beruf gelernt hätte und weder über eine Arbeitsstelle noch über einen monatlichen Verdienst verfügen würde. Sie wäre damit beschäftigt, ihre beiden Kinder großzuziehen.

Er fragte dann, wovon sie leben würde.

Cecilia erklärte ihm, dass sie kostenlos bei ihrer Schwiegermutter wohnen könnte, sie käme auch für ihren Lebensunterhalt auf. Aber sie hätte ein beträchtliches Barvermögen von ihrem verstorbenen Mann geerbt, wovon sie auch Miete bezahlen und ihren Lebensunterhalt bestreiten könnte.

Sie merkte, dass ihm das nicht gefiel.

Er war sehr skeptisch und meinte, wenn das Barvermögen aufgebraucht worden wäre, könnte sie keine Miete mehr bezahlen und auch ihren Lebensunterhalt nicht weiter bestreiten.

Cecilia sollte doch lieber bei ihrer Schwiegermutter wohnen bleiben, da wäre für alles gesorgt. Also wurde diese Wohnung nicht an sie vermietet.

Niedergeschlagen und traurig kehrte sie in ihr kleines Pensionszimmer zurück. Die Wirtin hatte an diesem Abend keine Zeit für sie, weil sehr viel zu tun war.

Cecilia beschloss am nächsten Tag, der ihr vorerst letzter in der Großstadt sein sollte, die weiteren 9 Makler zu kontaktieren. Noch am Abend nahm sie sich den Stadtplan vor und suchte die entsprechenden Straßenanschriften auf dem Plan heraus.

Sie überlegte sich auch, was sie am besten auf die Fragen, was für einen Beruf sie hätte, wo sie arbeiten würde, und wie hoch ihr monatliches Einkommen wäre, antworten könnte.

Cecilia wollte ehrlich sein, aber auch eine Chance haben, eine Mietwohnung zu bekommen.

Sie dachte noch, wenn sie eine Wohnung mit Hilfe eines Maklers suchen würde, gäbe es vielleicht solche peinlichen Fragen nicht.

Am nächsten Morgen frühstückte Cecilia recht früh und machte sich auf die Suche nach den 9 verbliebenen Maklerbüros.

Das erste Maklerbüro befand sich zentral gelegen im Innenstadtbereich. Sie fand es sehr rasch.

Nachdem sie der Empfangsdame gesagt hatte, dass sie baldmöglichst eine Mietwohnung mit zwei bis drei Zimmern suchen würde, gab die ihr sofort einige Blätter, die sie bitte vorab ausfüllen sollte.

Es wurden so viele Fragen gestellt, auch die peinlichen, nach Beruf, Arbeitsstelle und Monatseinkommen.

Es wurde ihr klipp und klar erklärt, dass sie ohne Arbeitsstelle und monatliches Einkommen, keine Mietwohnung bekommen könnte. Man riet ihr, zuerst eine Arbeitsstelle zu suchen, danach eine Wohnung.

Cecilia war enttäuscht und besuchte den nächsten Makler.

Aber auch der stellte ihr diese peinlichen Fragen und sagte, dass sie ohne Arbeitsstelle und ohne monatliches Einkommen keine Wohnung bekommen könnte.

Cecilia machte sich noch die Mühe, einen dritten Makler zu kontaktieren.

Aber die Fragen waren auch dieses Mal die gleichen; und sie bekam keine Mietwohnung vermittelt.

Enttäuscht machte sie sich auf den Rückweg in ihr Pensionszimmer.

Cecilia wollte ihren Koffer rechtzeitig packen, weil sie am nächsten Tag zurückfahren musste.

Sie hatte bis jetzt nicht wirklich etwas erreicht, während ihres ersten knapp einwöchigen Aufenthaltes, alleine in der Großstadt.

Am nächsten Morgen stand Cecilia früh auf, frühstückte, und wollte sich zurück auf den Heimweg nach Hause in ihr Dorf aufmachen. Die Menschen in der Großstadt waren zwar überwiegend nett zu ihr gewesen. Keiner hatte sie überfallen oder ausgeraubt; sie wurde auch nicht vergewaltigt.

Cecilia hatte einige Erfahrungswerte gesammelt. Aber was sie wollte, ein Haus kaufen oder zumindest eine 2-3 Zimmerwohnung mieten, war ihr nicht gelungen.

Jetzt dachte sie erst einmal daran, die Rechnung für das gemietete Zimmer mit Frühstück zu bezahlen und sich von der netten älteren Pensionswirtin zu verabschieden.

Cecilia musste zurück ins Dorf und die Kinder bei ihren Eltern abholen, sonst würden sie sich Sorgen machen, wenn sie nicht nach der vereinbarten Woche wieder da wäre.

Wahrscheinlich würde sich ihre Mutter freuen, dass Cecilia kein Haus und auch keine geeignete Wohnung gefunden hatte und somit auch nicht wegziehen konnte.

Die Pensionswirtin erwartete sie schon. Nachdem Cecilia die Rechnung bezahlt hatte, bat die ältere Dame Cecilia noch um einen Moment Geduld.

Sie war erstaunt, aber setzte sich hin und wartete geduldig.

Eine Dame erschien und kam auf sie zu. Es war eine Freundin der Pensionswirtin, mit der sie regelmäßig einen Frauenabend veranstaltete.

Sie meinte, dass sie vielleicht eine Wohnung für Cecilia hätte. Es würde sich um eine kleine Dreizimmerwohnung unter dem Dach handeln, aber zentral gelegen in Bahnhofsnähe.

Cecilia hatte ohnehin hinsichtlich der Wohnung einige Abstriche gemacht, ihre Ansprüche heruntergeschraubt.

Das Ehepaar, welches die Wohnung seit Jahren gemietet hatte, würde in Kürze Zwillinge bekommen; und dafür wäre ihnen die Wohnung zu klein geworden.

Der Ehemann hatte in einer Kleinstadt einen besser bezahlten Job erhalten und die Familie dort ein Haus erstanden.

Sie wollten so bald wie möglich umziehen. Cecilia war natürlich begeistert und freute sich, dass sie die nahegelegene Wohnung auch gleich besichtigen konnte; und sie gefiel ihr. Auch die Miete war angemessen.

Aber jetzt würden wieder die peinlichen Fragen gestellt werden.

Diese kamen auch. Allerdings machte ihr die ältere Dame, der das Haus gehörte, den Vorschlag, mit ihren Eltern oder ihrer Schwiegermutter zu reden, vielleicht könnte sie eine Mietgarantie von einer der Parteien bekommen, dann würde sie Cecilia die Wohnung vermieten. Cecilia freute sich sehr, und sie sagte der Dame, dass sie sich sofort bei ihr melden würde, wenn sie die Mietgarantie hätte, wahrscheinlich würde sie diese von ihren Eltern erhalten.

Dann machte sie sich schleunigst auf den Rückweg. Es war jetzt auch schon früher Nachmittag.

Cecilia überlegte, wie sie diese Mietgarantie von ihren Eltern erhalten könnte, was sie am besten sagen sollte, wie dieser Wunsch bei ihnen durchzusetzen wäre.

Am Abend kam sie dann in ihrem Dorf an und besuchte zuerst ihre Eltern.

Die letzte Strecke war sie zu Fuß gegangen, weil wegen der späten Uhrzeit kein Bus mehr fuhr.

Ihre Kinder schliefen schon.

Die Eltern waren erstaunt, dass sie am Abend noch gekommen war, was sie anfangs nicht beabsichtigt hatte, sie wurde durch die Freundin der Pensionswirtin, die ihr noch die kleine Dreizimmerwohnung unter dem Dach zeigte, aufgehalten.

Aber schließlich war sie im vereinbarten Zeitraum, nach einer Woche, wieder zurückgekehrt.

Sie hatte sich an die Abmachung gehalten.

Die Eltern freuten sich natürlich über die Ankunft von Cecilia, dass es ihr gut ging, dass sie keinen Schaden in der Großstadt erlitten hatte, nicht überfallen oder ausgeraubt worden war.

Sie, insbesondere ihre Mutter, hatten sich doch Sorgen um Cecilia gemacht. Cecilia war noch recht jung und das erste Mal alleine in einer Großstadt gewesen.

Die Familie blieb noch lange wach und hatte sich viel zu erzählen.

Das Thema Mietgarantie sprach Cecilia allerdings noch nicht an. Sie überlegte sich, wie sie dies möglichst diplomatisch tun könnte.

Aber jetzt war sie erst einmal zufrieden; sie kam ihrem Ziel, in die Großstadt zu ziehen, vielleicht anfangs eine Wohnung zu mieten und später ein Haus zu kaufen, näher. Die Reise war nicht umsonst gewesen.

Sie freute sich natürlich auch am nächsten Tag, ihre Kinder wiedersehen zu können; sie hatte sie doch sehr vermisst. Vorher war sie nie eine ganze Woche von ihnen getrennt gewesen. Sogar auf ihre Schwiegermutter Hildburg freute sie sich.

Cecilias Eltern verfügten über ein regelmäßiges Einkommen aus der Arbeit auf dem Bauernhof, und das schon über Jahrzehnte. Deshalb könnten sie ihr doch bestimmt eine Mietgarantie geben.

Und Cecilia hatte ein beträchtliches Barvermögen von ihrem toten Mann geerbt, was für jahrelange Mietzahlungen und auch Aufwendungen, für ihren und den Lebensunterhalt ihrer Kinder, reichen würde.

Sie wollte dieses Thema, Mietgarantie, am nächsten Tag ansprechen. Falls ihre Eltern nicht darauf eingehen sollten, müsste sie in der Folgewoche mit ihrer Schwiegermutter Hildburg darüber reden.

Am kommenden Abend, nach dem Abendessen, rückte Cecilia das Formular Mietgarantie, welches ihr die ältere Dame mitgegeben hatte, und das von ihren Eltern oder der Schwiegermutter ausgefüllt werden sollte, heraus.

Aber die Eltern waren wenig begeistert, sie wünschten sich nicht wirklich, dass die Tochter mit den Kindern wegzieht; außerdem wollten sie die Fragen auf dem Formular nicht beantworten, nicht anderen ihre Vermögensverhältnisse offenlegen, kein monatliches Einkommen angeben.

Am nächsten Morgen, als Cecilia mit ihren Kindern wieder zu ihrer Schwiegermutter, wie geplant, zurückgehen wollte, sagte ihr Vater nein zur Mietgarantie. Die Mutter versuchte zu beschwichtigen und meinte, vielleicht könnte er es sich noch einmal überlegen.

Cecilia war enttäuscht.

Wenn das nicht funktionieren würde, müsste sie ihre Schwiegermutter fragen. Dieses Unternehmen stellte sie sich noch schwieriger vor und sah wenig Aussicht auf Erfolg.

Ihr Vater änderte seine Meinung nicht.

Also musste sie, sobald wie möglich, die Schwiegermutter ansprechen; oder sich vielleicht doch eine Stelle mit monatlichem Einkommen in der Großstadt suchen; aber dies würde bestimmt schwierig werden; sie hatte keine Berufsausbildung und zwei kleine Kinder. So nahm sie ihren ganzen Mut zusammen und sprach die Schwiegermutter beim Kaffeetrinken nachmittags darauf an; sie erwähnte aber nicht, dass ihre Eltern ihren Wunsch, das Erteilen einer Mietgarantie, bereits abgelehnt hatten.

Die Schwiegermutter Hildburg war nicht so überrascht. Sie meinte, dass sie sich schon gedacht hätte, dass sie wegziehen wollte.

Warum hatte sie denn sonst einen Urlaub in der Großstadt verbracht, wo sie niemanden kannte. Sie hätte ja auch für eine Woche ihre alte Tante in der Kleinstadt besuchen können.

Die Schwiegermutter war trotz ihres hohen Alters nicht so negativ bezüglich Cecilias Ideen eingestellt.

Sie meinte, dass sie sie verstehen könnte, sie wäre doch noch so jung und wollte auch einmal etwas erleben.

Cecilia musste unbedingt neue Erfahrungen sammeln, und schlimme Ereignisse, den Tod ihres Mannes, vergessen.

Hildburg wusste auch genau über das Barvermögen Bescheid, dass ihr Sohn seiner Frau, Cecilia, vererbt hatte.

Sie meinte, dass es damit über Jahrzehnte möglich wäre, eine angemessene Miete zu bezahlen und den Lebensunterhalt zu bestreiten.

Die Schwiegermutter war alt und hatte selbst kein Interesse ihren Hof zu verlassen, schon gar nicht in eine Großstadt zu ziehen.

Aber sie konnte Cecilia trotzdem verstehen und sich in ihre Lage hineinversetzen.

Vielleicht hätte sie sich in jungen Jahren in einer solchen Situation genauso entschieden.

Dazu verfügte Cecilia, durch das geerbte Vermögen, selbst über genügend finanzielle Mittel, um sich ihren Wunsch, in der Großstadt zu leben, eine Wohnung dort zu mieten, erfüllen zu können.

Ihre Schwiegermutter Hildburg schätzte sie als vernünftig und nicht unrealistisch ein.

Cecilia war angenehm überrascht und versprach ihr auch, selbst wenn sie in der Großstadt mit ihren Kindern leben würde, könnte sie als Großmutter doch ihre Enkel regelmäßig sehen, dafür würde sie sorgen.

Cecilia wollte ihr, ihre Enkelkinder niemals vorenthalten.

Die Schwiegermutter füllte schließlich das Formular Mietgarantie aus. Cecilia hatte jetzt diese, für ihre zukünftigen Pläne notwendige, Mietgarantie erhalten, und das sogar von ihrer Schwiegermutter, damit hatte sie wirklich nicht gerechnet.

Noch in der gleichen Woche, am Freitag, traf sich die gesamte Familie in der Kleinstadt bei der alten Tante, wo auch Cecilia während ihrer Realschulzeit schon gewohnt hatte. Deren einzige Tochter, die schon älter war, aber ohne Kinder und Partner geblieben, hatte doch noch einen gleichaltrigen Mann kennengelernt; und es wurde Hochzeit gefeiert.

Cecilia nahm die Gelegenheit wahr und ging zuallererst zur Post, um das Formular Mietgarantie an die nette Dame in der Großstadt zu schicken.

Gleichzeitig rief sie dort an und teilte ihr mit, dass dieses Formular nun in ausgefüllter Form unterwegs wäre. Sie machten auch schon einen Termin für die Folgewoche aus, wo die restlichen Formalitäten bezüglich der Wohnungsvermietung erledigt werden sollten, und gegebenenfalls würde auch eine Wohnungs- und Schlüsselübergabe erfolgen.

Telefonieren gestaltete sich schwierig, da in ihrem Dorf noch keiner ein Telefon hatte. Ein Postamt war im Nachbarort. Mobiltelefone, wie heute üblich, gab es in den 60er Jahren in Deutschland noch gar nicht.

Jetzt war Cecilia in der Lage, ganz unbeschwert die Hochzeit mitfeiern zu können. Sie fühlte sich nun nach längerer Zeit das erste Mal wieder ausgelassen und richtig glücklich.

Ihre Bemühungen waren erfolgreich gewesen; sie hatte ihr Ziel erreicht und freute sich schon sehr auf das Leben in der Großstadt.

Cecilia hoffte nun, dass ihre Kinder, besonders ihre jetzt schulpflichtige Tochter Pia, auch glücklich werden würden und ein schönes Leben haben könnten. Sie wollte alles dafür tun, dass Pia einen guten Schulabschluss erhalten, einen Beruf erlernen, oder vielleicht sogar studieren, würde.

Im Nachhinein fand sie es doch nicht so gut, dass sie selbst keinen Beruf hatte.

Cecilia verfügte zwar über einen guten Schulabschluss, aber danach kümmerte sie sich nur noch um Mann, Kinder und Haushalt.

Cecilia bedankte sich ganz herzlich bei ihrer Schwiegermutter für ihr Verständnis und vor allem für ihre Hilfe.

Sie berichtete ihr auch, als einzigem Familienmitglied, davon, dass sie in Kürze noch einmal für einen Tag in die Großstadt fahren müsste, um die notwendigen Formalitäten zu erledigen.

Cecilia würde am frühen Morgen hinfahren und abends wieder zurückkommen.

Die Schwiegermutter Hildburg bat sie, ihre Kinder dieses Mal doch bei ihr zu lassen.

Es gab ja genügend Personal, welches sich um die Kinder kümmern konnte, wenn die Schwiegermutter vielleicht nicht dazu in der Lage sein würde.

Diesem Wunsch kam Cecilia natürlich auch sofort nach.

Ihr war es sogar recht, nicht wieder ihre Eltern aufsuchen zu müssen, um sie zu bitten, ihre Kinder für einen Tag zu betreuen.

Sie hätte ohnehin nicht gewusst, welchen Grund, für diesen Betreuungswunsch, sie hätte ihnen nennen sollen.

Cecilia reiste dann frühmorgen am besagten Tag ab in die Großstadt, wo sie die Formalitäten, die Mietwohnung betreffend, erledigte. Alles ging glatt.

Die Familie war sogar schon ausgezogen; und sie erhielt neben dem Übergabeformular auch noch die Schlüssel.

Sie hätte sofort einziehen können. Aber sie fuhr am frühen Nachmittag wieder zurück zu ihrer Schwiegermutter Hildburg und ihren Kindern Pia und Matthäus.

Jetzt kam ein weiteres Problem auf sie zu.

Ihren Kindern, besonders Pia, der Junge war ja noch zu klein, um dies wirklich verstehen zu können, musste sie klarmachen, dass sie nun in die

Großstadt ziehen würden, womit eine Trennung von ihrer Großmutter und den Großeltern verbunden wäre.

Mit dem Umzug durfte auch nicht mehr lange gewartet werden, weil Pia bald eingeschult werden musste; und diese Einschulung sollte in der Großstadt erfolgen.

Zuerst wollte Cecilia noch einmal alleine für mindestens zwei Tage in die Großstadt fahren, weil sie eine Schule für Pia finden und auch noch einige Möbel besorgen musste.

Eine eingerichtete Küche und ein Badezimmer, mit dem Notwendigsten versehen, gab es glücklicherweise schon.

Und ihre Kinder blieben bei ihrer Schwiegermutter; dieses Mal für zwei Tage.

Wieder zurück organisierte sie kurzfristig den Umzug, über die nötigen finanziellen Mittel dafür verfügte sie ja.

Noch in der gleichen Woche zog sie dann mit ihren beiden Kindern, Pia und Matthäus, in die Großstadt.

Pia wurde dort auch schon bald eingeschult.

Wie sie es anfangs geplant hatte, blieb Cecilia zu Hause und zog die Kinder groß. Sie suchte sich keine Arbeitsstelle. Das brauchte sie auch nicht. Es gab genügend finanzielle Mittel.

Pia war zuerst sehr überrascht über den plötzlichen Umzug. Sie hatte damit gerechnet, im Nachbardorf zur Schule zu gehen.

Aber die neue Schule gefiel Pia, und sie fand bald Freunde. Anfangs fehlten ihr allerdings die Großmutter Hildburg und die Großeltern doch sehr. Dafür war ihre Mutter Cecilia immer für sie da; sie kümmerte sich liebevoll um sie.

Manchmal besuchte die kleine Familie auch die Großeltern.

So wuchs Pia nun in der Großstadt auf, nachdem sie die ersten 7 Jahre in einem kleinen Dorf gelebt hatte, wo sie auch geboren worden war.

Ihre Mutter kümmerte sich liebevoll um sie; aber sie hatte keinen Vater, weil der schon in sehr jungen Jahren verstorben war.

Finanziell gab es keine Probleme, ihnen ging es gut; sie waren auch nicht ernsthaft krank. Und Pia hatte noch ihren kleinen (jüngeren) Bruder Matthäus.

Einen Stiefvater gab es nicht. Cecilia hatte kein Interesse daran, eine neue Beziehung anzufangen, nochmals zu heiraten.

Sie wollte sich lieber um ihre Kinder kümmern; und wenn diese erwachsen geworden wären, und sie sie nicht mehr dauernd bräuchten, hatte sie geplant, für sich selbst etwas tun, vielleicht einen Beruf erlernen.

Pia war ein fröhliches und kluges Mädchen. Sie schloss die Grundschule erfolgreich ab; und konnte, nach einer bestandenen Aufnahmeprüfung, ein Gymnasium besuchen. Dieses Gymnasium suchte sie sich selbst, ihren Interessen entsprechend, aus.

Pias Wahl fiel auf eine Schule mit Schwerpunkt Sprachen. Der Unterricht machte ihr Spaß, sie war auch sehr fleißig und lernte viel.

Pia bestand die Abiturprüfung auf Anhieb. Später entschied sich ihr Bruder Matthäus dazu, nach der Grundschule eine Realschule zu besuchen.

Cecilia war mit ihren Kindern zufrieden.

Pia und ihr kleiner Bruder verstanden sich sehr gut; obwohl sie verschieden waren; sie hatten auch gegensätzliche Interessen. Matthäus war sehr sportlich, Pia nicht. Er spielte regelmäßig Fußball und war in der Tischtennismannschaft aktiv. Pia saß lieber zu Hause und las Bücher. Aber sie halfen sich gegenseitig und hielten zusammen. Cecilia freute sich, diese beiden Kinder zu haben.

Nach dem Abitur war Pia unentschlossen. Sie wusste nicht so recht, ob sie studieren oder einen Beruf erlernen sollte, oder sich vielleicht verloben und heiraten und Kinder kriegen?

Letzteres gefiel Cecilia nicht.

Aber es war Pias Entscheidung, ihr Leben, und mittlerweile war sie 18 Jahre alt geworden und hatte diesen netten jungen Mann aus der Nachbarschaft kennengelernt, in den sie sich verliebte. Sie dachten daran, sich zu verloben.

Aber, war er auch der richtige Mann für Pia?

Hatte Pia sich ihr Leben wirklich so vorgestellt, eine Verlobung mit 18 Jahren, danach eine Heirat und Kinder, den Haushalt erledigen und sich um die Kindererziehung kümmern?

Letztendlich wollte Pia doch nicht gleich nach dem Abitur mit 18 Jahren heiraten; aber auf ein jahrelang dauerndes Studium hatte sie auch keine Lust; sie wusste ohnehin nicht, was sie hätte studieren sollen.

Pias Interessengebiet lag im sprachlichen Bereich. Deshalb schlug Cecilia vor, doch einen Vorbereitungskurs auf eine staatlich anerkannte Übersetzerprüfung zu besuchen. Dieser würde lediglich zwei Jahre dauern, und gleich danach könnte sie die Prüfung ablegen.

Sie hatte sich erkundigt, es gab mehrere Schulen, die solche Kurse anboten.

Eine davon war in Heidelberg. Pia hatte sich inzwischen doch verlobt und mit ihrem zukünftigen Ehemann, wie sie glaubte, ein langes Wochenende in Heidelberg verbracht.

Diese Stadt hatte ihr sehr gut gefallen. Dort beeindruckte sie der Philosophenweg, das ist ein circa zwei Kilometer langer, vor allem zu Beginn sehr steiler, Weg, der von dem Heidelberger Stadtteil Neuenheim auf den Heiligenberg führt. Er liegt damit dem Heidelberger Schloss am Königstuhl direkt gegenüber und gehört zu den Sehenswürdigkeiten Heidelbergs.

Das Heidelberger Schloss ist eine der berühmtesten Ruinen Deutschlands und das Wahrzeichen der Stadt Heidelberg.

Auch noch zu erwähnen sind die Heiliggeistkirche und die Alte Brücke. Dazu kommt eine wunderschöne Altstadt; und natürlich ist Heidelberg auch Universitätsstadt.

Im sprachlichen Bereich bestehen etliche Studienmöglichkeiten.

Cecilia fand dann heraus, dass es sogar für Pia möglich wäre, einen Vorbereitungskurs mit Hauptsprache, Spanisch, zu buchen. Spanisch war Pias Lieblingssprache. Sie hatte schon auf dem Gymnasium Spanisch als Nebenfach gewählt.

Cecilia machte sich auch über die Kosten kundig; und entschloss sich, Pia diesen Kurs und ein Zimmer zu bezahlen; dazu wollte sie ihr noch ein kleines monatliches Taschengeld geben.

Pia hörte sich die Vorschläge ihrer Mutter an und dachte darüber nach. Schließlich entschloss sie sich, das Angebot ihrer Mutter anzunehmen. Die ganze Ausbildung wäre ja relativ kurz, nur zwei Jahre, und danach könnte sie dann die Prüfung ablegen.

Außerdem reizte sie, ihre Lieblingssprache, Spanisch, weiter ausbauen zu können.

Dazu kam noch, dass ihr die Stadt Heidelberg auch gefiel; und natürlich war für sie wichtig, dass ihre Mutter ihr die gesamte Ausbildung mit Unterbringung finanzieren würde.

Cecilia war begeistert; Pias Verlobter nicht. Ihm gefiel es nicht, dass Pia über zwei Jahre so weit entfernt von ihm sein sollte; und er sie nur am Wochenende, wenn überhaupt, sehen könnte. Er war beruflich sehr eingespannt. Er hätte lieber mit Pia zusammen in seiner Heimatstadt gewohnt. Er wäre berufstätig gewesen, hätte gut für den Lebensunterhalt gesorgt, und Pia für den Haushalt und die Kindererziehung.

Cecilia fuhr mit Pia nach Heidelberg; meldete sie in der Schule an und suchte ein Zimmer für sie aus. Sie sahen sich zusammen Heidelberg an und wären gerne noch länger geblieben. Aber sie mussten nach zwei Tagen wieder zurück.

Pias Bruder Matthäus konnte nicht so lange alleine gelassen werden.

Jetzt freute sich Pia auf ihre Zeit in Heidelberg und die Ausbildung, wo sie ihre Lieblingssprache, Spanisch, noch vertiefen konnte.

In drei Monaten sollte es schon losgehen, dann startete der Vorbereitungskurs mit Hauptsprache, Spanisch, und auch ein Zimmer zum Schulbeginn war schon für Pia reserviert worden. Cecilia hatte bereits einen Sitzplatz im Zug nach Heidelberg für Pia gebucht.

Aber drei Monate war noch eine lange Zeit. Jetzt konnte Pia sich erst einmal um ihren Verlobten kümmern. Er hatte sich extra zwei Wochen Urlaub genommen; und sie machten eine Reise, nicht nach Heidelberg. Es ging ins Ausland.

Pia war bis zu diesem Zeitpunkt noch nicht aus Deutschland herausgekommen; und sie wollte sehr gerne etwas anderes sehen. Sie liebte die spanische Sprache und wünschte sich, auch das Land kennenzulernen. Bis jetzt war alles reine Theorie, was sie über Spanien wusste; es stammte aus Büchern und vom Fernsehen, oder auch was die Lehrer in der Schule ihr erzählten.

Ihr Verlobter war nicht so sehr am Festland interessiert. Er liebte Inseln. Deshalb hatte er eine Reise auf die Kanaren, nach Teneriffa, gebucht.

Er kannte diese Inseln schon; er war mit seinen Eltern und Geschwistern mehrere Male dort gewesen und zwar im Winter, wo es in Deutschland damals immer sehr kalt wurde.

Auf den Kanaren gab es Sonnenschein, weder Eis noch Schnee.

Pia war daran interessiert, ihr gelerntes Spanisch in die Praxis umzusetzen, d.h. mit Spaniern Spanisch zu sprechen.

Sie hoffte, dass dies funktionieren würde.

Ihr Verlobter hatte kein Spanisch gelernt; er versuchte sich auf Englisch zu verständigen.

Pias Mutter war immer recht sparsam gewesen.

Schließlich hatte sie sich dann doch dazu entschieden, eine Berufstätigkeit aufzunehmen, wenn beide Kinder nicht mehr schulpflichtig wären.

Das anfangs recht beträchtliche Barvermögen, welches Pias Vater ihrer Mutter Cecilia vererbt hatte, nahm im Laufe der Jahre natürlich ab.

Pias Mutter hatte auch kein Haus gekauft, wie sie es anfangs plante, als sie in die Großstadt kam. Die kleine Familie wohnte noch in der Dachgeschoßwohnung, die allerdings sehr zentral lag und mittlerweile auch gut eingerichtet worden war.

Es fehlte ihnen an nichts. Sie verfügten über alle modernen Haushaltsgeräte.

Dafür gab es kein Auto; Pias Mutter besaß immer noch keinen Führerschein.

Sie hatten sich in der Großstadt gut eingelebt; und die Miete war auch lange Zeit nicht erhöht worden.

Die kleine Familie verstand sich mit der alten Dame, der das Haus gehörte, gut.

Cecilia unterstützte ihre Vermieterin bei alltäglichen Erledigungen; sie trug ihr zum Beispiel die Einkäufe die Treppen hoch; und wenn sie krank war, kaufte sie für sie ein und kümmerte sich um sie.

Die kleine Familie ging in Urlaub, aber nicht ins Ausland. Sie verbrachten nette Ferientage in Deutschland, zum Teil auch bei ihren Verwandten.

Oft besuchten sie Schwiegermutter Hildburg und die Eltern von Cecilia im Dorf, oder auch die nette alte Tante in der Kleinstadt.

Mittlerweile hatten Cecilias Eltern der kleinen Familie ihre Hilfe in finanzieller Hinsicht angeboten. Aber es war nicht notwendig, darauf zurückzugreifen; und wenn Pias jüngerer Bruder Matthäus mit einer Lehre anfangen würde, hatte Cecilia geplant, arbeiten zu gehen. Die Großstadt bot ihr viele Möglichkeiten dazu, auch ohne Berufsausbildung.

Bis dahin würde ihr geerbtes Vermögen auf jeden Fall noch reichen. Sie konnte es sich auch leisten, eine zweijährige Ausbildung für Pia zu finanzieren. Sie hoffte, dass Pia davon profitieren würde, dass sie nach bestandener Prüfung als Übersetzerin oder Dolmetscherin tätig wäre; oder vielleicht in Heidelberg doch noch ein Studium anfangen würde, falls sie neben Sprachen noch eine andere Fachrichtung finden könnte, welche sie faszinieren würde.

Sie freute sich für Pia, dass sie so kurzfristig nach Heidelberg gehen konnte, um dort etwas zu lernen, was ihr gefiel.

Doch Pia verbrachte erst einmal ihren ersten Auslandsurlaub auf Teneriffa.

Teneriffa ist die größte Insel der zu Spanien gehörenden Kanarischen Inseln vor der Küste Westafrikas.

Sie wird vom Teide dominiert, einem ruhenden Vulkan, der zugleich Spaniens höchster Gipfel ist.

Teneriffa ist bekannt für den Karneval in Santa Cruz, ein riesiges Karnevalsfest mit Paraden, Musik, Tanz und bunten Kostümen. Die Insel besitzt viele Strände und Urlaubsgegenden, wie Los Cristianos und Playa de las Américas.

Einen Bungalow in einer Anlage in Puerto de la Cruz hatte der Verlobte von Pia für die Dauer des Urlaubs angemietet.

Puerto de la Cruz liegt an der Nordküste Teneriffas. Diese Insel ist für ihre Strände aus dunklem Vulkansand und dem weitläufigen Zoo Loro Parque bekannt, der im Westen der Stadt liegt.

Entlang der Küste erstreckt sich die Meerwasser-Freibadanlage Lago Martiánez, die von dem Architekten César Manrique gestaltet wurde. An dem alten Hafen befinden sich auch ein Zollhaus aus dem 17.Jahrhundert, sowie die Batería de Santa Bárbara, eine historische Festungsanlage, welche aus dem 18.Jahrhundert stammt.

Im Archäologischen Museum von Puerto de la Cruz werden Fundstücke aus der Zeit der Guanchen, der Ureinwohner der Insel, ausgestellt.

In der Nähe befindet sich die, im 17.Jahrhundert erbaute, Kirche Nuestra Señora de la Peña de Francia mit mehreren bedeutenden Kunstwerken.

Im Landesinneren liegt der jahrhundertealte Garten Sitio Litre, der für seine Orchideen bekannt ist. Östlich davon erstreckt sich der botanische Garten der Stadt mit zahlreichen einheimischen Pflanzenarten.

Das im Süden gelegene Orotava-Tal bietet eine vielfältige Pflanzenwelt und weite Panoramablicke. Im Südwesten liegt der Nationalpark Teide mit seiner kargen Landschaft und dem Vulkan Pico del Teide.

Diese Insel, mit all ihren Sehenswürdigkeiten, war für Pia neu und ungewöhnlich; sie genoss ihren Urlaub dort mit ihrem Verlobten. Sie unternahmen am Wochenende auch einen Ausflug nach Lanzarote. Lanzarote ist eine der Kanarischen Inseln vor der Küste Westafrikas, die von Spanien verwaltet werden, und für ihr stets warmes Wetter, Strände, und die vulkanisch geprägte Landschaft, bekannt sind.

Der felsige Nationalpark Timanfaya entstand durch Vulkanausbrüche in den 1730er Jahren. Cueva de los Verdes ist eine durch Lavaströme geformte Höhle.

Der, an der Ostküste gelegene, Badeort, namens Puerto del Carmen, umfasst weiß getünchte Häuser, Strände und Tauchschulen.

Caletón Blanco besteht aus einer Reihe von Buchten im Norden mit ruhigem, klarem Wasser zum Schnorcheln, während es am Strand Famara eine zum Surfen geeignete Brandung und Klippen zum Drachenfliegen gibt.

Im Jardín de Cactus in Guatiza kann man mehr als 1.000 Wüstenpflanzenarten besichtigen.

Werke des von der Insel stammenden Künstlers, César Manrique, sind überall zu sehen.

Und sein früheres Haus in Taro de Tahiche stellt ein Museum mit in das Vulkangestein gehauenen Höhlen und Zeichnungen von Picasso und Miró dar. Auf der Nordspitze von Lanzarote liegt der Aussichtspunkt Mirador del Río, der einen Panoramablick auf die Insel Graciosa bietet.

In Arrecife, der Hauptstadt der Insel, steht das Castillo de San José, in dem ein Museum für zeitgenössische Kunst untergebracht ist.

Pia genoss die kurze Zeit auf den Kanarischen Inseln und konnte auch mit den Leuten dort Spanisch sprechen.

Aber in den Touristenzentren wurde auf jeden Fall Englisch verstanden und gesprochen.

In der Hauptstadt von Teneriffa, Santa Cruz de Tenerife, die im Nordosten der Insel liegt und gleichzeitig die Hauptstadt der Gesamtheit der Kanarischen Inseln ist, gibt es auch ein deutsches Viertel mit deutschen Restaurants und Cafés; dort waren viele deutschsprachige Urlauber und deutschstämmige Bewohner zu finden. Man konnte sich dann natürlich auch in deutscher Sprache verständigen.

Als Pia nach 14 Tagen wieder zurück in ihrer deutschen Großstadt war, gab es immerhin noch fast zweieinhalb Monate Zeit, bis sie nach Heidelberg reisen und den Vorbereitungskurs auf die Übersetzerprüfung in der Sprachenschule beginnen würde.

Sie hatte jetzt bei ihrem Urlaub auf den Kanarischen Inseln ihr Spanisch erstmals in der Praxis anwenden können und auch ihr Vokabular erweitert.

Sie merkte, dass ihr die spanische Sprache wirklich gut gefiel, sie viel Talent dafür hatte; und konnte sich auch vorstellen, als Spanischübersetzerin zu arbeiten und damit ihren Lebensunterhalt verdienen.

Das gefiel ihrer Mutter Cecilia, dass Pia endlich wusste, was sie beruflich machen wollte und nun auch die Gestaltung ihrer Zukunft plante.

Pia hatte jetzt konkrete Vorstellungen; eine Ehe und Kinder wollte sie jedenfalls noch nicht.

Ihr Wunsch war es, etwas zu lernen und erst einmal Erfahrungen zu sammeln und auch das Leben zu genießen, was ohne Kinder doch einfacher geht.

Aber vielleicht würde sie ja in ein paar Jahren dann doch heiraten und Kinder auf die Welt setzen und nur noch halbtags berufstätig sein.

Ihrem Verlobten gefiel das alles nicht so recht. Warum denn noch so lange warten? Sie könnten ja heiraten und auch Kinder haben.

Wenn es unbedingt sein müsste, sollte Pia in der Großstadt, wo sie lebten, studieren.

Dafür bräuchte sie nicht nach Heidelberg zu gehen, und es gäbe auch noch andere interessante Studiengebiete, nicht nur Sprachen.

Aber Pia war an einer Ausbildung im sprachlichen Bereich interessiert.

An der Universität in dieser Großstadt gab es keine diesbezüglichen Studienmöglichkeiten.

Sie verfügte auch über keine Sprachenschule mit einem Vorbereitungskurs für die Übersetzerprüfung.

Und Pia wollte nicht den Rest ihres Lebens in einem Reihenhaus in der Großstadt als Hausfrau mit Kindern verbringen.

Mittlerweile wäre ihr dies auch zu langweilig gewesen. Nach der Teneriffa-Reise war sie daran interessiert, noch andere Länder zu sehen und Menschen kennenzulernen.

Sie wollte etwas erleben, bevor sie älter wurde.

Dann wäre immer noch Zeit für ein Leben mit Ehemann und Kindern. Sie musste erst einmal heraus aus ihrer gewohnten Umgebung und Neues erleben. Die Welt war so groß, und es gab noch so viel zu sehen und zu entdecken. Zudem war sie daran interessiert, einen Beruf zu lernen und zumindest erste Erfahrungen damit zu machen.

Die weitere Zeit bis zum Schulbeginn verbrachte sie dann zu Hause in der Großstadt, zusammen mit ihrer Mutter Cecilia, ihrem Bruder Matthäus und ein paar Freundinnen, die sie aus der Schule kannte.

Dann kam der große Tag, der Antritt der Reise nach Heidelberg.

Cecilia und Matthäus brachten sie noch zum Bahnhof; dort hieß es erst einmal Abschied nehmen.

Sie waren noch nie über mehrere Wochen getrennt gewesen, außer während der Zeit als Pia mit ihrem Verlobten auf Teneriffa den Urlaub verbrachte.

Von ihrer Mutter wurde für Pia ein Zugticket nach Heidelberg gekauft und eine Sitzplatzreservierung vorgenommen. Pia hatte einen großen Koffer gepackt, der so schwer war, dass sie ihn gerade noch alleine tragen konnte. Eine Handtasche hängte sie sich um.

Der reservierte Sitzplatz war schnell gefunden, Pia lud ihren Koffer ab und setzte sich. Der Zug fuhr pünktlich ab. Jetzt war sie unterwegs in Richtung Heidelberg.

Beide Plätze neben ihr blieben leer.

Es gab wenig Mitreisende. Es war ein Nachmittagszug und außerdem keine Urlaubszeit. Die Reservierung wäre eigentlich nicht notwendig gewesen.

In Heidelberg, am Hauptbahnhof angekommen, fand Pia auch sofort ein Taxi, welches sie in die Innenstadt an die Adresse brachte, wo ihre Mutter Cecilia ein Zimmer für sie gemietet hatte.

Mittlerweile war es auch schon Abend geworden. Pia ging in ihr Pensionszimmer und ruhte sich aus. Die Reise war doch sehr anstrengend und beschwerlich für sie gewesen. Ihr schwerer Koffer machte ihr zu schaffen, und durch das lange Sitzen im Zug hatte sie sehr heftige und unangenehme Rückenschmerzen bekommen.

Am nächsten Tag räumte Pia ihren Koffer aus und sah sich die Stadt Heidelberg an.

Heidelberg war ja nicht ganz unbekannt für sie.

Pia war zuvor schon zweimal dort gewesen, einmal mit ihrem Verlobten und danach mit ihrer Mutter. Sie hatten die Stadt besichtigt und ein Pensionszimmer ausgesucht.

Zuerst ging Pia in die Fußgängerzone in Richtung Altstadt. Dort, nahe der Heiliggeistkirche, befand sich ein schönes Café, wo sie schon einmal mit ihrer Mutter gewesen war.

Da die Sonne schien, beschloss sie, sich hinzusetzen, einen Kaffee zu trinken und ein Stück Kuchen zu essen, dabei die vorbeieilenden Menschen zu beobachten.

Dann gibt es im Altstadtbereich auch eine Universität, die eine Mensa hat; dorthin ging Pia zum Mittagessen.

Die Cafeteria war alt; aber das genießbare Essen sehr preiswert, und es gab Studenten aus vielen fremden Ländern dort.

Als sie sich hingesetzt hatte wurde sie gleich auf Englisch von einem jungen Mädchen angesprochen, das sie fragte, was sie studieren würde und wie lange sie schon in Heidelberg wäre. Pia antwortete wahrheitsgemäß. Sie hatte jetzt schon ihren ersten Kontakt geknüpft und ein Gespräch geführt.

Sie war überrascht, wie einfach und schnell das funktionierte, wie unkompliziert es war, hier Menschen kennenzulernen.

Vereinsamen würde sie in Heidelberg bestimmt nicht.

Die internationale Atmosphäre, die vielen jungen Menschen aus verschiedenen Ländern, das gefiel Pia und war neu für sie.

In der Großstadt, in der sie zuvor lebte, gab es so etwas nicht. Das junge Mädchen musste aber nach dem Mittagessen wieder gehen, weil sie einen Termin für einen Deutschkurs hatte.

Für sie war es notwendig, zuerst Deutsch zu lernen, bevor sie mit ihrem Studium beginnen konnte. Pia machte sich auch auf den Weg zum nächsten Postamt, um ihre Mutter anzurufen und ihr mitzuteilen, dass sie gut in Heidelberg angekommen wäre, und es ihr auch dort gefallen würde.

Trotzdem vermisste sie ihre Mutter, ihren Bruder, und auch ein bisschen ihren Verlobten, der versprochen hatte, sie an einem der nächsten Wochenenden einmal zu besuchen.

Aber sie freute sich auch auf den morgigen Tag, auf den Schulbeginn, und war neugierig und gespannt auf ihre Mitschülerinnen und Mitschüler.

Pia war nicht die kontaktfreudigste, eher ruhig und in sich gekehrt, aber trotzdem neuen Dingen und neuen Menschen gegenüber aufgeschlossen. Sie wollte nicht zu Hause versauern, wollte etwas erleben und eigene Erfahrungen sammeln, auch nicht von ihrer Mutter gebremst werden.

Angst hatte Pia jedoch vor ihrem ersten Schultag. Sie kannte niemanden in der Schule, wusste nicht auf was für Lehrer und Mitschüler sie treffen würde.

Unsicher war, was gefordert werden würde, ob sie mithalten könnte, ob sie auch in der Lage wäre, die Übersetzerprüfung nach dem Lehrgang zu bestehen, oder ob sie vielleicht aufgeben müsste und wieder in die Großstadt zurückkehren?

Was sollte sie dann ihrer Mutter Cecilia sagen, die doch alles für sie organisiert und auch noch finanziert hatte, und was würde sie dann tun?

Aber Pia erschien trotzdem pünktlich, sogar schon einige Minuten zu früh, in der Schule. Im Sekretariat meldete sie sich an.

Es wurden ihr verschiedene Unterlagen gegeben und die Nummer ihres Klassenzimmers aufgeschrieben.

Da das Gebäude sehr verschachtelt war, und sie sich nicht auskannte, brauchte sie etwas Zeit, bis sie den Raum fand. Die Tür stand aber noch offen.

Pia suchte sich einen freien Platz aus und setzte sich.

Die Lehrerin begann gleich daraufhin, sich, die Schule, und das Programm für das erste Halbjahr, vorzustellen; die Tür blieb aber offen, da noch nicht alle Schüler und Schülerinnen eingetroffen waren.

Der Raum füllte sich nach und nach.

Manche hatten das Zimmer nicht gleich gefunden wie Pia; oder die Anmeldung im Sekretariat hatte dann doch etwas länger gedauert.

Schließlich waren alle eingetroffen; die Tür wurde geschlossen, und der Unterricht begann.

Die ersten Stunden über fand noch kein eigentlicher Unterricht statt, sondern eine Präsentation. Die Lehrerin sprach weiter über sich, die Schule und das Programm des ersten Halbjahres. Danach stellten sich die Schülerinnen und Schüler vor. Jeder erzählte etwas aus seinem Leben, nannte seinen Namen, erklärte woher er kam, was er bis jetzt gemacht hatte, warum er sich für diesen Vorbereitungskurs entschieden hatte, was er hoffte zu erreichen, was seine Ziele waren.

Manche fassten sich kurz, andere erzählten lange Geschichten.

Einige Mitschülerinnen stellten auch Fragen, sie wollten ihre Klassenkameraden und Kameradinnen einfach besser kennenlernen.

Das dauerte schon eine ganze Weile. Immerhin bestand die Klasse aus 15 Schülern und Schülerinnen, überwiegend jungen Frauen.

Aber alle wollten unbedingt ihre Spanischkenntnisse erweitern, mit dem Ziel einen Berufsabschluss als staatlich anerkannter Übersetzer für Spanisch zu erhalten. Manche hatten als zweite Sprache Französisch, andere Englisch, gewählt. Es waren auch nicht alle deutscher Nationalität, zwei Mädchen britisch und eines belgisch.

Alle sprachen gut Deutsch und verfügten auch über Spanischkenntnisse, zumindest gute Grundkenntnisse, was für diesen Kurs eine Voraussetzung war.

Nach der Vorstellung gab es eine längere Pause, in der Kaffee oder ein anderes Getränk und auch Süßigkeiten geholt werden konnten.

Dann begann der Unterricht. Jetzt wusste Pia, was die nächsten zwei Jahre auf sie zukommen würde; und sie hatte auch ihre Mitschüler und Mitschülerinnen kennengelernt. Sie schätzte ihre Spanischkenntnisse als mittelmäßig ein. Manche hatten bessere Kenntnisse; andere aber wirklich nur gute Grundkenntnisse der spanischen Sprache.

Sie merkte allerdings auch, dass sie lernen müsste, wenn sie nach zwei Jahren der Vorbereitung die Prüfung ablegen und bestehen wollte.

Aber Spanisch war Pias Lieblingssprache, und insgesamt gefielen ihr die Klassenkameradinnen und Kameraden auch ganz gut.

Sie meinte, dass sie es mit ihnen die nächsten zwei Jahre aushalten könnte.

Als am frühen Nachmittag der Unterricht zu Ende war, beschloss sie, noch mit mehreren jungen Frauen aus der Klasse in ein nahegelegenes Café mitzugehen.

Dort fand ein weiteres Kennenlernen und ein Erfahrungsaustausch statt.

Zwei der jungen Frauen hatten schon einen Lehrgang in einer anderen Sprache besucht und erzählten über ihre Erfahrungen. Das war ganz interessant und lehrreich, besonders für die Neuen, wie Pia.

Dann löste sich die Runde auf, und Pia ging in ihr Zimmer in der Pension.

Es war nicht schlecht, mit dem Notwendigsten ausgestattet, Tisch, Schrank und Bett; aber alles hell und freundlich.

Sie hatte sogar noch einen Balkon.

Aber es gab kein eigenes Badezimmer und auch keine Küche.

Eine kleine Kochnische neben dem Aufenthaltsraum, in dem sich ein Fernseher und ein Radio befand, konnte von allen mitbenutzt werden. Dann waren da leider nur zwei Badezimmer, allerdings etliche Toiletten, vorhanden. Die Badezimmer stellten nicht wirklich ein Problem dar.

Im ersten Halbjahr, als der Kurs am Vormittag begann, stand Pia sehr früh am Morgen auf, da schliefen die meisten anderen Pensionsgäste noch, so dass sie immer ein freies Badezimmer vorfand, welches sie auch etwas länger nutzen konnte.

Pia fuhr nicht mit der Straßenbahn, sondern ging zu Fuß zur Schule, was eine gute Viertelstunde dauerte. Aber sie musste dementsprechend früher aufstehen. Das machte ihr nicht viel aus, sie war zu Hause auch immer recht früh aufgestanden; sie war frühes Aufstehen gewohnt. Die Pensionsgäste gefielen ihr nicht so gut. Was ihr aber wirklich missfiel, war der ständige Wechsel. Diese Pension wurde wie ein Hotel genutzt. Viele Gäste blieben nur ein paar Tage, manche sogar nur eine Nacht.

Zwei Jahre lang wollte Pia in dieser Pension nicht bleiben.

Bei ihrem nächsten Besuch in der Großstadt zu Hause, gedachte sie mit ihrer Mutter darüber zu sprechen und sich eine andere Wohnmöglichkeit zu suchen, auch näher an der Schule gelegen.

Manche Mitschülerinnen hatten eine eigene kleine Wohnung.

Eine lebte zusammen mit ihrem Verlobten in einem großen Haus, andere hatten Privatzimmer gemietet. Es gab auch einen Aushang in der Schule.

Manche Leute wollten aus verschiedensten Gründen Zimmer vermieten und suchten, wenn der Mieter oder die Mieterin wegging, weil er oder sie den Lehrgang und die darauffolgende Prüfung abgeschlossen hatte, einen neuen Mieter, bzw. eine neue Mieterin.

Vielleicht konnte Pia aber auch etwas Geeignetes unter der Rubrik Wohnungsmarkt in der Wochenendausgabe der Tageszeitung finden.

Sie begann auf jeden Fall bald mit der Suche.

Mit Hilfe der Tageszeitung klappte es nicht auf Anhieb. Die angebotenen Zimmer lagen zu weit von der Schule entfernt; und die kleinen Wohnungen waren wesentlich teurer als das Pensionszimmer, welches Pia im Moment hatte.

Aber eines Morgens, als Pia wieder einmal am Schwarzen Brett in der Schule vorbeiging und sich die Aushänge ansah; fand sie einen interessanten,

eine Schülerin suchte eine Mitbewohnerin für eine kleine Wohnung, die sich in einer Seitenstraße in Schulnähe befand.

Die Gegend war ruhig und der Laufweg zur Schule höchstens 5 Minuten.

Die Gesamtmiete sollte halbiert werden.

Die Schülerin, die die Wohnung gemietet hatte, verfügte anscheinend nicht mehr über genügend finanzielle Mittel, um die Wohnung alleine bezahlen zu können, deshalb suchte sie eine Mitbewohnerin.

Die halbe Miete, einschließlich der Nebenkosten, war kaum höher als die Miete für Pias Pensionszimmer. Die Schülerin, die den Aushang angebracht hatte, kannte sie aber nicht.

Sie war in einer anderen Klasse und hatte wohl auch eine andere Sprache gewählt. Es gab ja nicht nur Spanischkurse, sondern auch Kurse für Englisch, Russisch und weitere Sprachen.

Pia wollte sich die Wohnung auf jeden Fall ansehen und die Schülerin kennenlernen, um feststellen zu können, ob sie mit ihr auch klarkommen würde, ob ein Zusammenwohnen möglich wäre.

Nach Unterrichtsende ging Pia zu der genannten Adresse. Die Wohnung war um die Ecke gelegen; das Haus gefiel ihr.

Sie läutete, aber es wurde ihr nicht geöffnet.

Anscheinend war niemand zu Hause.

So schrieb sie ein paar Zeilen, dass sie gerne als Mitbewohnerin einziehen würde und nannte ihre Adresse, sowie den Lehrgang, den sie in der Sprachenschule besuchte; sie schrieb sogar die Nummer ihres Klassenzimmers auf.

Zwei Tage danach betrat eine junge hochgewachsene Frau während der großen Pause das Klassenzimmer und fragte nach Pia X.

Pia war gerade Kaffee holen und nicht anwesend. Deswegen sagte die junge Frau zu einer der Mitschülerinnen, die sich im Klassenzimmer befand, dass sie zum Pausenende nochmals kommen würde.

Als Pia dann mit dem Kaffee zurückkehrte und man ihr erklärte, nach ihrem Typ wäre gefragt worden, glaubte sie zuerst an einen Scherz.

Aber wirklich, kurz vor dem Pausenende erschien die junge Frau wieder.

Die Mitschülerin zeigte auf Pia und sagte ihr, dass das Pia X. wäre.

Die junge Frau, mit dem Namen Josefine, ging auf Pia zu und lud sie zu sich nach Hause ein, um sich die Wohnung ansehen zu können; sie vereinbarten ein Treffen noch am gleichen Tag, am Abend.

Pia ging hin und besichtigte die Wohnung.

Das Haus war toll; aber es handelte sich in diesem Fall um eine kleine Kellerwohnung, die Pia auch nur zur Hälfte mieten konnte, was bedeutete, ihr würde ein eigenes Zimmer, das noch eingerichtet werden müsste, gehören. Eine kleine Küche und ein Badezimmer konnten geteilt werden.

Aber was angenehm war: Von diesem Zimmer aus konnte Pia direkt in einen Garten blicken; und dieser Garten durfte auch noch mitbenutzt werden.

Das würde bedeuten, dass sie sich im heißen Sommer nach draußen setzen konnte, um zu lernen, oder auch einfach, nur um ein Sonnenbad zu nehmen. Dazu gab es vor der Wohnungseingangstür einen größeren Hausflur, wo Pia ein Fahrrad hätte abstellen können.

Pia hatte im Moment zwar noch keines; und sie würde für das Zurücklegen des Schulweges keines brauchen. Das Haus mit der kleinen Kellerwohnung lag in unmittelbarer Schulnähe.

Aber Pia wollte sich trotzdem ein Fahrrad kaufen. Sie hatte nämlich nach ihrem Schulabschluss, dem Abitur, einige Kilos zugenommen.

Danach gab es keinen Schulstress mehr. Und Pia musste auch nicht früh aufstehen. Sportliche Tätigkeiten vermied sie ohnehin.

Während des Urlaubs auf Teneriffa hatte sie auch nicht abgenommen; sondern war noch etwas molliger geworden. Sie wollte jetzt auf jeden Fall nicht noch weiter zunehmen, eher etwas abnehmen.

Um dies zu erreichen, könnte Pia sich ein Fahrrad zulegen und damit in Heidelberg herumfahren.

Das wäre auf jeden Fall besser, als sich in den Bus oder die Straßenbahn zu setzen, um Heidelberg und die Umgebung zu entdecken.

Ein Auto hatte Pia nicht.

Es war noch nicht die Zeit, wo jedes Mädchen mit 18, heute sogar schon mit 17, ihren Führerschein macht.

Aber im Gegensatz zu ihrer Mutter Cecilia, wollte Pia auf jeden Fall, sobald sie sich das leisten könnte oder ihre Mutter sich anbieten würde, die finanziellen Kosten zu tragen, die Führerscheinprüfung ablegen.

Auch wenn Pia sich sicherlich erst einmal keinen Wagen kaufen würde.

Jetzt brauchte sie aber eine bezahlbare Wohnungsmöglichkeit, falls sie das Pensionszimmer aufgeben wollte.

Dann hatte Pia die Absicht, das weitere Problem, nicht mehr zuzunehmen, sondern eher an Gewicht zu verlieren, anzugehen.

Sie wollte Rad fahren und Sport treiben, sowie eine Diät ausprobieren und danach vernünftig weiteressen, den Verzehr von Kuchen und Schokolade, was ihr so gut schmeckte, einschränken.

Nachdem Pia die Kellerwohnung in Augenschein genommen und auch den Garten ganz genau angesehen hatte, hoffte sie, dass die junge hochgewachsene Frau sie als ihre neue Mitbewohnerin akzeptieren würde. Die Miete war wirklich nicht zu hoch, Kosten für Bus oder Bahn, um zur Schule zu kommen, fielen auch nicht an.

Ein ausgedehnter morgendlicher Spaziergang, und ein damit verbundenes recht frühes Aufstehen, würden nicht mehr notwendig sein.

Es gab noch ein Problem. Das Zimmer stand komplett leer. Pia müsste es erst einmal einrichten; und dafür bräuchte sie Geld.

Dazu kam noch, dass ihre Mutter damit einverstanden sein müsste, dass sie das Pensionszimmer aufkündigen und in die kleine Wohnung miteinziehen würde.

Die Mutter Cecilia sollte nämlich alle anfallenden Mietkosten weiterhin übernehmen und Pia auch Geld geben, damit sie das Zimmer vernünftig einrichten könnte.

Sie würde mindestens ein Bett, einen Tisch und einen Stuhl, benötigen, vielleicht auch noch einen Schrank.

Sie hoffte, dass die junge Frau Josefine die Geduld aufbringen würde, zu warten, bis Pia mit ihrer Mutter telefoniert hatte und eine Zusage erhielt. Sie wollte gleich am nächsten Tag nach Schulende, am frühen Nachmittag, das Telefonat mit ihrer Mutter führen.

Die junge Frau erklärte sich bereit, zu warten. Außerdem war Pia bis jetzt noch die einzige Bewerberin.

Die Suche nach einer Mitbewohnerin erfolgte nämlich ausschließlich über das schwarze Brett in der Sprachenschule. Das wusste Pia nicht; auch erfuhr sie nicht, dass die junge Frau, Josefine, dringend Geld benötigte. Anfangs hatte sie die Wohnung alleine für sich gemietet. Aber Josefines Ersparnisse gingen langsam zu Ende; und sie war gezwungen, ihre Kosten zu minimieren.

Dafür handelte es sich hier um ein unbewohntes Zimmer, und Pia hätte sofort einziehen können. Es wäre Pias Chance, das ungeliebte Pensionszimmer schnell zu verlassen.

Am nächsten Nachmittag ging Pia zum Postamt, um ihre Mutter anzurufen; sie erreichte sie. Anfangs war Cecilia etwas überrascht und dachte, dass etwas passiert wäre oder Pia Probleme hätte.

Aber ihre Bedenken konnten schnell zerstreut werden.

Pia rückte dann mit ihrer Bitte heraus, das Pensionszimmer aufzugeben und in die kleine Kellerwohnung mit einzuziehen.

Sie konnte ihrer Mutter auch die Vorteile, welche diese kleine Wohnung hatte, in unmittelbarer Nähe zur Schule gelegen und verhältnismäßig geringe Mietkosten, klarmachen.

Das gefiel ihrer Mutter.

Aber wovon Cecilia nicht begeistert war, dass das Zimmer erst eingerichtet werden musste. Sie meinte, das wäre zeitaufwendig und würde auch einiges kosten.

Dann fanden sie einen Kompromiss. Die Mutter wollte ihr eine recht geringe Geldsumme zur Verfügung stellen; und Pia musste sich die notwendigen Möbel selber organisieren.

Cecilia war nicht bereit, einen Möbelwagen zu mieten und Pia Möbel von zu Hause kommen zu lassen. Die Entfernung war recht groß.

Sie meinte, das würde ihr zu teuer werden. Pia war einverstanden.

Notfalls würde Pia sich nur einen Schlafsack kaufen und ihre Hausaufgaben in der Küche oder im Sommer im Liegestuhl im Garten machen.

Aber so weit kam es dann doch nicht.

Erst einmal war Pia froh, ihre Mutter von dem notwendigen Wohnungswechsel überzeugen zu können, dass sie die Kosten für Wohnen weiter übernahm.

Am nächsten Nachmittag läutete sie wieder an der Kellerwohnungstür und traf die Bewohnerin auch an. Diese war erfreut, dass Pia sich so schnell gemeldet hatte. Denn anscheinend suchte ansonsten in der Sprachenschule im Moment niemand nach einer Wohnmöglichkeit; und sie brauchte dringend Geld. Pia freute sich auch, als Mitbewohnerin akzeptiert zu werden.

Sie meinte, dass sie so schnell wie möglich einziehen wollte, und sprach dann das leere, unmöblierte Zimmer an. Die junge Frau Josefine fand das nicht so dramatisch. Sie meinte, die notwendigen Möbel wären schnell besorgt und müssten auch nicht so teuer sein.

Die neue Vermieterin half Pia bei der Möbelbeschaffung.

Sie hatte einen Freund, der noch bei seinen Eltern in einem großen Haus in der Nähe von Heidelberg wohnte, weil er studierte und sich keine eigene Wohnung leisten konnte.

Er hatte auch keine Lust während der Semesterferien zu arbeiten, um damit eine Wohnung zu finanzieren.

Er zog es vor, noch bei seinen Eltern und jüngeren Geschwistern in einem Dorf in der Nähe zu leben und täglich nach Heidelberg zur Universität zu pendeln.

Er besaß einen alten VW-Kombi, den er von seinem Vater geschenkt bekommen hatte.

Josefine meinte, dass er, falls Pia in einem Möbelhaus oder vielleicht auch bei einem Trödler oder Gebrauchtwarenladen etwas Passendes gefunden hätte, diese Möbel natürlich kostenlos transportieren würde.

So hätte Pia die Möglichkeit, diese schnell zu bekommen und könnte sich auch die Lieferkosten sparen. Aber das war ja das Problem, Pia hatte schon gesucht, aber nichts für sie Bezahlbares gefunden, was ihr auch noch gefallen hätte.

Pias Budget war limitiert; und es gab so vieles, was sie gerne gehabt hätte; und auch Möbelstücke, die ihr gefielen, aber einfach zu teuer waren.

Pia teilte Josefine mit, dass bis jetzt überhaupt nichts Passendes zu finden gewesen war.

Alles was ihr gefallen hätte, wäre zu teuer geworden, bei ihrem stark limitieren Budget einfach nicht möglich.

Möbel aus der Wohnung ihrer Mutter, bzw. aus ihrem Zimmer dort in der Großstadt, wollte sie nicht holen. Pia wusste auch nicht, ob sich das lohnen würde. Sie war sich noch nicht sicher, wie lange sie in Heidelberg bleiben würde. Außerdem bräuchte sie diese Möbel auch, wenn sie am Wochenende oder in den Schulferien nach Hause gehen würde. Dann wollte sie nicht auf dem Boden schlafen.

Ihre Vermieterin Josefine meinte, dass bei Wohnungsauflösungen oft sehr preiswert Möbel zu bekommen sind. Es gab auch eine Zeitung, in der Leute inserierten, die gebrauchte Möbel verschenken wollten. Man musste diese dann aber selbst abholen.

Josefine wollte zuerst einmal in ihrem Bekanntenkreis nachfragen, ob jemand gebrauchte Möbel billig abzugeben oder zu verschenken hätte.

Josefines Freund konnte gleich weiterhelfen, einer seiner Brüder, der gerade dabei war, die Abiturprüfung zu machen, kellnerte am Wochenende oft in einem Café.

Er hatte ihm erzählt, dass im gleichen Haus ein älteres Ehepaar leben würde, welches beschlossen hätte, ins Altersheim zu ziehen.

Dort gab es aber wenig Platz; so dass der größte Teil der Einrichtungsgegenstände verkauft oder verschenkt werden musste.

Die Wohnungsauflösung hatte zwar schon begonnen, aber war noch nicht beendet worden.

So fragte er nach, was noch verkauft oder eventuell auch verschenkt werden würde.

Die Wohnung musste leergeräumt an den Vermieter zurückgegeben werden.

Es waren noch ein paar Möbelstücke vorhanden, ein stark lädiertes Gästebett, ein Schminktisch mit Stuhl, ein altes Sofa, ein Dielenschrank, sowie eine Holz-Eckbank.

Josefine kam schon am nächsten Tag in der Schule, während ihrer Pause, auf Pia zu und bot ihr an, sie am frühen Abend in ihrem Pensionszimmer abzuholen, um sich Möbel aus einer Haushaltsauflösung ansehen zu können.

Pia sagte natürlich sofort zu und freute sich schon auf diesen Besichtigungstermin, der auch stattfand.

Am frühen Abend wurde sie von der neuen Vermieterin Josefine und deren Freund abgeholt. Die Fahrt in dem alten Kombiwagen dauerte nur wenige Minuten bis sie das Haus erreichten, wo die Wohnungsauflösung stattfand.

Der helle Schminktisch gefiel Pia sehr gut, er war auch groß genug, um sich daran zu setzen, zu schreiben oder Hausaufgaben zu machen, und der passende Stuhl war bereits dabei; das alte Sofa fand sie toll. Es war nicht so groß und sperrig, sehr gut gepolstert und schön bunt. Pia könnte es nicht nur zum Sitzen, sondern auch zum Schlafen, sozusagen als Bett, benutzen. Das eigentliche Bett gefiel ihr nicht. Das Holz war sehr dunkel, und es wies etliche Beschädigungen auf.

Die Eckbank und der Dielenschrank waren zu groß für ihr kleines Zimmer.

Pia war am Schminktisch mit Stuhl und am Sofa interessiert. Das wäre fürs Erste auch ausreichend. Ihre Kleidung und die Schuhe, sie hatte ohnehin nicht viel mitgebracht, könnte sie auch einmal eine Weile in ihrem großen Koffer verstauen, ein paar Pullover in einer der beiden Schminktischschubladen aufbewahren.

Ihre Schminkutensilien und Hygieneartikel konnte sie ohnehin ins Badezimmer stellen.

Ein Schrank war vorerst nicht dringend notwendig.

So erwarb Pia den Schminktisch mit Stuhl und das Sofa zu einem sehr erschwinglichen Preis. Die alten Leute schenkten ihr noch diverse Haushaltsgegenstände, wie ein paar Teller und Tassen, sowie Teelöffel und Messer, was sie nicht unbedingt benötigt hätte, weil diese in der gemeinschaftlich genutzten Küche ohnehin schon vorhanden waren.

Josefines Freund lud das Sofa sofort in seinen Kombiwagen ein.

Für den Schminktisch mit Stuhl war allerdings nicht mehr genügend Platz vorhanden. Dieser sollte am nächsten Morgen von ihm abgeholt und in Pias Zimmer gestellt werden.

Da Pia müde geworden war, weil sie morgens schon sehr früh aufstand, wurde sie erst einmal in ihr Pensionszimmer zurückgebracht.

Pia hatte nicht so viel Geld ausgegeben und konnte sich noch einiges kaufen, Decken, Handtücher, eine schöne Lampe, vielleicht auch einen Kleiderschrank.

Pia fiel erst einmal müde in ihr Bett im Pensionszimmer, war aber sehr zufrieden mit ihrem ersten Kauf.

Außerdem war das Notwendigste vorhanden. Sie hätte schon am nächsten Tag einziehen können.

Deshalb ging sie gleich zu ihrer Pensionswirtin, um das Zimmer zum nächstmöglichen Termin zu kündigen.

Ihre Mutter Cecilia hatte bereits die Miete für den kompletten Monat überwiesen.

Aber da die Pensionswirtin mehr Mietinteressenten als Zimmer hatte, war ein kurzfristiger Auszug kein Problem.

Sie konnten sich darauf einigen, dass, wenn Pia spätestens am kommenden Sonntag ausgezogen wäre, sie die vorausbezahlte Miete für die nächsten zwei Wochen zurückerhalten würde.

Pia war zufrieden und einverstanden. Sie hätte sofort ausziehen können, so hatte sie bis Ende der Woche noch Zeit. Der Umzug sollte am Wochenende erfolgen.

Nach der Schule ging Pia gleich zu ihrer neuen Vermieterin Josefine.

In ihrem Zimmer standen auch schon der Schreibtisch mit Stuhl und das Sofa, sowie die diversen Haushaltsgegenstände, welche sie geschenkt bekommen hatte.

Pia erhielt jetzt noch drei Schlüssel, einen für die Haupteingangstür, einen weiteren für die Wohnungseingangstür, und den dritten für die Tür ihres Zimmers. Sie hätte so nach und nach ihre Sachen hinbringen können. Aber Pia wollte bis Samstag warten und im Laufe dieses Tages all ihr Hab und Gut aus dem Pensionszimmer holen.

Es war ja nicht so viel. Die halbe Monatsmiete, die sie am kommenden Sonntag, wenn das Zimmer leergeräumt worden wäre, von ihrer Pensionswirtin bekommen würde, wollte sie gleich ihrer Vermieterin, als erste Mietanzahlung, geben.

Die weiteren Mieten würden dann von ihrer Mutter Cecilia überwiesen werden.

Am nächsten Morgen rief sie die Mutter an, erklärte ihr die Situation und gab ihr die Anschrift und Bankverbindung der neuen Vermieterin.

Cecilia war mit dem Wohnungswechsel einverstanden.

Das Pensionszimmer sollte ohnehin nur eine erste und vorübergehende Lösung für die Unterbringung von Pia sein.

Falls Pia doch nicht in Heidelberg hätte bleiben wollen, dann wäre es aufwendig, kompliziert und mit etlichen Geldmitteln verbunden gewesen, wenn sie wieder weggezogen wäre und bereits eine Wohnung oder ein eingerichtetes Zimmer gehabt hätte.

Pia verbrachte den Mittwoch, Donnerstag und Freitag der Woche noch im Pensionszimmer; am Samstag zog sie um. Nach dem Frühstück fing sie an aufzuräumen und zu packen. Danach brachte sie ihre Sachen in ihr neues Zimmer.

Schon am Nachmittag war die Umzugsaktion komplett beendet.

Ihre Vermieterin Josefine hielt sich an diesem Wochenende nicht zu Hause in ihrer Wohnung auf.

Am Freitag, spätnachmittags, fuhr sie mit ihrem Freund in ihre Heimatstadt, wo sie geboren, aufgewachsen und zu Schule gegangen, war.

Ihre Eltern und ihr Bruder, sowie einige wenige weitere Verwandte, lebten noch dort. Es gab ein Familienfest, ihre Mutter feierte ihren 65. Geburtstag. Da musste sie hingehen, Josefine Verhältnis zu ihrer Mutter war sehr gut.

Pia hatte die Wohnung am Wochenende jetzt erst einmal alleine für sich und nutzte das aus. Sie nahm ein langes und ausgedehntes Bad.

Dann räumte Pia ihr Zimmer ein und überlegte, wie sie es weiter gestalten könnte, was noch hineinpassen würde, und was noch sinnvoll zu kaufen wäre.

Inzwischen nahte der Abend. Die Supermärkte waren schon geschlossen; und Pia hatte vergessen, Lebensmittel zu kaufen.

Zu dieser Zeit waren die Supermärkte noch nicht bis 22:00 Uhr am Abend, oder manche sogar bis 24:00 Uhr, wie heute, geöffnet; sie schlossen schon um 18:30 Uhr, samstags sogar noch früher. Aber Pia wusste, dass der Bahnhof in der Nähe war, und es dort ein einen großen Kiosk gab, wo man abends auch Lebensmittel einkaufen konnte.

Also machte sie sich auf den Weg zum Bahnhof, weil sie inzwischen auch noch Hunger bekommen hatte.

Trotz Dunkelheit war es noch früh am Abend, erst wenige Minuten nach 20:00 Uhr.

Pia hatte keine Angst, alleine dorthin zu gehen, weil sie belebte Straßen entlanglief; es war ja auch Samstag, und um diese Zeit waren noch viele Menschen unterwegs. Dazu dauerte der Spaziergang maximal 20 Minuten.

Der Hinweg verlief komplikationslos. Auch der Bahnhof war noch sehr belebt. Sie fand im Kiosk ein paar Lebensmittel, auf die sie Appetit hatte.

Pia kaufte das Notwendigste für ihren Wochenendbedarf ein. Es war natürlich alles teurer als im Supermarkt. Damit es nicht so spät werden würde, beeilte sich Pia und machte sich auf den Weg zurück.

Auf dem Rückweg wurde sie dann von einem Mann angesprochen.

Er hielt mit seinem Wagen direkt neben ihr und fragte sie, ob sie einsteigen und mitkommen würde.

Pia erschrak und war sehr überrascht, instinktiv zog sie es vor, ganz schnell wegzulaufen. Kaum war sie ein paar Meter gerannt und lief jetzt langsam weiter, passierte das Gleiche noch einmal.

Jetzt ging sie, so schnell sie konnte, in die Wohnung, in ihr Zimmer, zurück.

An diesem Abend hatte Pia keine Lust mehr, noch etwas zu unternehmen. Deshalb bereitete sie sich in der Küche ein Abendessen zu und sah danach noch etwas fern. In der Küche befanden sich ein Fernseher und ein Radio.

Am folgenden Vormittag, nachdem sie gefrühstückt hatte, suchte Pia die Pensionswirtin auf. Sie gab ihr den Zimmerschlüssel zurück.

Nachdem die Wirtin gesehen hatte, dass das Zimmer ordentlich aufgeräumt war und Pias private Gegenstände weggebracht worden waren, gab sie ihr auch, wie vereinbart, die halbe Miete, die ihre Mutter Cecilia schon im Voraus bezahlt hatte, zurück. Anschließend quittierte Pia ihr den Erhalt des Geldes.

Im Gegenzug bekam sie von der Wirtin eine Bestätigung, dass das Zimmer ordnungsgemäß verlassen worden war und der Mietvertrag aufgehoben.

Jetzt fühlte sich Pia richtig zufrieden und glücklich.

Sie war das ungeliebte Pensionszimmer losgeworden, hatte eine kleine Wohnung zusammen mit einer Mitschülerin gefunden.

Diese Wohnung lag ganz in der Nähe der Schule, die Miete war sehr angemessen, und jetzt befanden sich Möbel in ihrem Zimmer, die auch ihrem Geschmack entsprachen.

Soviel hatte Pia gar nicht erwartet.

Auch Heidelberg gefiel ihr und die Menschen dort. Mit den Mitschülern, und vor allem Mitschülerinnen, kam sie im Großen und Ganzen klar. Der Lehrstoff im Vorbereitungskurs war schon etwas anstrengend und zeitaufwendig.

Es mussten Hausaufgaben gemacht werden, und Lernen war auch erforderlich.

Aber es handelte sich um ihre Lieblingssprache Spanisch.

Als zweite Sprache hatte sie Französisch gewählt; und es bestand die Aussicht, nach zwei Jahren eine Prüfung zur staatlich anerkannten Übersetzerin ablegen zu können. Außerdem finanzierte ihr die Mutter die Ausbildung komplett.

Cecilia bezahlte das Schulgeld und die Miete, dazu erhielt Pia noch ein kleines Taschengeld, von dem sie leben konnte.

Sie musste nicht nebenbei arbeiten gehen, wie andere Mitschülerinnen. Pia konnte doch erst einmal zufrieden sein.

Als sie am Mittag wieder in ihrem neuen Zuhause eintraf, war ihre Mitbewohnerin Josefine schon zurück.

Sie kam etwas früher, weil ihr Freund am folgenden Montag eine Klausur schreiben musste und sich noch etwas darauf vorbereiten wollte.

Josefine freute sich, wie nett Pia das Zimmer eingerichtet hatte und natürlich auch über die halbe Monatsmiete, welche die Pensionswirtin Pia am Vormittag zurückgegeben hatte, und die Pia nun weiterreichte an ihre neue Vermieterin und Mitbewohnerin, die dieses Geld auch dringend brauchte. Das Geburtstagsgeschenk für ihre Mutter und das Benzingeld, welches sie ihrem Freund bezahlte, hatten ihre letzten Geldreserven aufgezehrt.

Jetzt lud sie Pia am frühen Nachmittag zum Essen ein.

Die Sonne schien; und so liefen sie in Richtung Altstadt, wo es eine Pizzeria gab. Die Pizza dort war nicht so teuer und schmeckte gut. Ihre Mitbewohnerin Josefine bestellte auch ein Glas Rotwein dazu. Pia trank fast nie Alkohol und schon gar nicht am Mittag, höchstens am Abend, und auch nur bei besonderen Anlässen, Festen, wie Weihnachten und Silvester, oder an Geburtstagen.

Pia zögerte etwas, ließ sich aber nicht dazu überreden, schon am Nachmittag Rotwein zu trinken, und wählte eine Cola.

Sie meinte, dass sie gerne ein Glas Wein am Abend zusammen trinken könnten. Nach dem netten Mittagessen liefen sie dann weiter in die Altstadt, wo sie sich in ein Café setzten, Kaffee tranken und Kuchen aßen, sowie die Leute beobachteten.

Sie verstanden sich gut und merkten, dass die Chemie stimmte, wie man so sagt; sie könnten Freundinnen werden.

Pia erzählte von ihrem Leben und ihren Zukunftsplänen, ihre Vermieterin Josefine vom Geburtstag ihrer Mutter und ihrem neuen Freund, der noch studierte. Und manchmal, wie jetzt, wenig Zeit hatte. Aber sie verstand sich gut mit ihm; und er hatte Charakter; außerdem war er sehr hilfsbereit.

Gleich, von sich aus, bot er an, für Pia die Möbel zu transportieren, damit sie bald einziehen könnte und nicht weiter in dem ungeliebten Pensionszimmer bleiben müsste.

Pia hatte sich bereits dafür bedankt und wollte ihn mit seiner Freundin Josefine zusammen während der nächsten Tage zum Abendessen einladen.

Pia dachte sich aber, wenn sie mit ihrer neuen Freundin öfters Mittagessen gehen und dann noch die Kalorienbombe Pizza verzehren würde und gleich darauf Kaffee trinken und Kuchen essen, wäre sie in kurzer Zeit rund wie eine Kugel. Dabei wollte sie doch abnehmen. Sie war jetzt ohnehin schon zu dick geworden.

Aber ihre Freundin Josefine war superschlank. Wie sie das nur macht? Bei Gelegenheit wollte sie sie danach fragen, nicht gleich jetzt.

Pia war taktvoll und gut erzogen.

Jedenfalls verbrachten die beiden einen schönen Nachmittag zusammen. Es war ein nettes Kennenlernen.

Am frühen Abend gingen sie in ihre Wohnung zurück und tranken danach zusammen noch ein Glas Wein. Pia hatte schon lange keinen Alkohol mehr getrunken, deshalb beließ sie es auch bei einem Glas. Sie ging daraufhin bald schlafen.

Sie musste ja am frühen Morgen wieder aufstehen. Außerdem ermüdete sie der Alkohol.

Als Pia am nächsten Morgen aufstand, schlief ihre Mitbewohnerin noch. Ihr Vorbereitungskurs fing erst am frühen Nachmittag an. Pia frühstückte und ging zur Schule.

Sie hatte recht lange geschlafen und war auch nicht mehr vom Alkohol benebelt.

Aber sie nahm sich vor, das nächste Mal Alkohol nur noch freitags oder samstags am Abend zu trinken.

Sie hatte das Wochenende trotz allem sehr genossen.

Jetzt wollte sie wieder ihren Vorbereitungskurs besuchen und lernen und Hausaufgaben machen. Pia war eine sehr fleißige und strebsame Schülerin.

Außerdem gefiel ihr der Unterricht. Immerhin war Spanisch ihre Lieblingssprache.

Aber am Wochenende hätte Pia gerne wieder etwas mit ihrer neuen Freundin Josefine unternommen, die ja auch schon länger in Heidelberg lebte und sich auskannte, wusste, wo man gut und preiswert essen gehen kann, oder wo es schöne Cafés mit einem tollen Kuchenangebot gibt.

Sie kannte bestimmt auch einen Laden, wo eine schöne Lampe zu einem bezahlbaren Preis zu finden war.

Das wäre Pias nächster Wunsch gewesen; und sie hatte ja auch noch etwas Geld übrig.

Aber am nächsten Wochenende wollte Pia zuerst einmal wieder, nach etlichen Wochen, in ihr zu Hause in der Großstadt zurück, vor allem ihre Mutter Cecilia und ihren Bruder Matthäus sehen, sie fehlten ihr.

Was allerdings ihr Verlobter jetzt machte, wusste sie nicht.

Er wollte sich doch bei ihr melden, sie in Heidelberg besuchen.

Er hatte die ganzen Wochen nichts von sich hören lassen.

Wollte er die Verlobung vielleicht auflösen?

Oder hatte er inzwischen eine andere Freundin gefunden, die mehr seinen Wünschen entsprach, die keine Ausbildung in einer anderen Stadt machen wollte, sondern mit ihm zusammenleben, heiraten und Kinder bekommen?

Diese Fragen stellte sie sich jetzt.

Pia war sich bewusst, welches Risiko sie einging, als sie die Großstadt verließ. Sie hatte riskiert, ihn verlieren zu können.

Ihre Mutter Cecilia sprach am Telefon niemals über ihn.

Allerdings mussten die Telefonate kurzgehalten werden, da sie sehr teuer waren, und deswegen wurde nur über das Notwendigste und Wichtigste geredet.

Aber Pia war doch gespannt, was während ihres Wochenendbesuches jetzt auf sie zukommen würde.

Pia verbrachte noch nette Tage bis zum Wochenende in Heidelberg, ließ sich aber nicht von ihrer Mitbewohnerin, und jetzt auch Freundin, Josefine, dazu überreden, an den Wochentagen bis spät in die Nacht oder bis frühmorgens auszugehen.

Pia hatte ja den Vormittagskurs und musste früh aufstehen. Auch setzte sie ihren Schwerpunkt auf Lernen und Hausaufgaben machen. Ausgehen und sich amüsieren könnte sie am Wochenende und nachdem sie ihre Übersetzerprüfung bestanden hätte, oder vielleicht in den Schulferien.

Am Freitagnachmittag ging Pia zum Bahnhof und setzte sich in den Zug, der sie in die Großstadt brachte.

Nach einer längeren Zugfahrt kam sie am Abend an.

Die Wohnung befand sich in Bahnhofsnähe, so dass sie in ein paar Minuten zu Hause gewesen wäre.

Aber sie wurde von ihrer Mutter Cecilia und ihrem Bruder Matthäus abgeholt.

Sie freuten sich alle sehr. Sie hatten sich das erste Mal nach längerer Zeit wochenlang nicht mehr gesehen.

Allerdings war ihr Verlobter nicht in Sicht.

Zu Hause angekommen unterhielten sie sich noch lange bis in die frühen Morgenstunden. Es gab ja so viel zu erzählen. Vor allem berichtete Pia über Heidelberg, über ihre Schule, die Mitschüler und Mitschülerinnen, über ihre Wohnungssituation, und natürlich auch über ihre neue Vermieterin und Freundin Josefine.

Nachdem ihr Bruder Matthäus müde geworden war und schlafen ging, unterhielten die Damen sich noch lange weiter. Cecilia freute sich sehr, dass sich Pia wohlfühlte und es ihr gut ging, vor allem auch, dass sie den Vorbereitungskurs wirklich besuchte, fleißig lernte und im Anschluss unbedingt die Übersetzerprüfung machen wollte, auch dass sie in der Lage dazu wäre, dies durchziehen könnte.

Bei Cecilia und Matthäus hatte es in der Zwischenzeit keine großartigen Veränderungen gegeben; ihr Leben ging weiter wie gewohnt.

Jetzt, alleine mit der Mutter, traute Pia es sich, sie auf ihren Verlobten anzusprechen.

Sie fragte sie, ob sie etwas von ihm gehört hätte, weil er sich bei ihr überhaupt nicht meldete, obwohl er ja ihre Adresse, zumindest die Anschrift dieser Pension, gehabt hatte. Die Pensionswirtin hätte ihm bestimmt ihre neue Anschrift genannt, wenn er dort plötzlich aufgetaucht wäre.

Die Mutter meinte, dass er sich bei ihr auch nicht gemeldet hätte.

Das wollte Pia nicht so recht glauben. Vielleicht würde die Mutter einfach nichts Negatives sagen wollen, weil sich Pia nicht aufregen oder ärgern sollte.

Es war nun sehr spät geworden, und am Morgen gingen sie dann erst einmal zu Bett. Sie verbrachten einen schönen Samstag zusammen, Pia, Cecilia und Matthäus.

Am Sonntagmorgen, gleich nach dem Frühstück, begleiteten sie Pia zum Bahnhof, und sie fuhr wieder nach Heidelberg zurück, wo sie am späten Nachmittag eintraf.

Jetzt war sie wieder alleine in ihrer neuen Wohnung in Heidelberg.

Ihre Mitbewohnerin wollte erst am Montag wieder zurück sein, noch rechtzeitig vor Beginn des Nachmittag-Kurses.

Pia ruhte sich aus und machte sich ihre Gedanken dabei.

Weder ihre Mutter noch ihr Bruder hatten von ihrem Verlobten gesprochen; und er war auch nicht aufgetaucht.

Er musste doch gewusst haben, dass sie am Wochenende in der Großstadt gewesen war. Sie fand das sehr merkwürdig. Irgendetwas stimmte nicht.

Aber sie wollte sich auch nicht an ihn wenden, ihm vielleicht schreiben, ihn anbetteln, wieder zu ihr zurückzukommen, sich mit ihr zu treffen, dafür war Pia viel zu stolz.

Außerdem hatte sie jetzt doch den Entschluss gefasst, erst einmal in Heidelberg zu bleiben, den Vorbereitungskurs zu Ende zu machen und danach die Übersetzerprüfung abzulegen.

Dann könnte Pia weitersehen. Falls er nicht warten wollte und vielleicht die Verlobung auflösen, sollte er dies doch tun.

Damit hatte sie mittlerweile ohnehin gerechnet.

Sie würde das bestimmt verkraften. Es wäre kein Weltuntergang mehr für sie.

Aber so gar nichts von ihm zu hören, gefiel ihr auch nicht. Sie fand dies nicht fair, er könnte ihr doch zumindest seinen Entschluss mitteilen.

Sie wollte nun wissen, woran sie ist, und wie oder ob es überhaupt mit ihm weitergehen würde; sie hatte ein Recht darauf; schließlich war sie doch mit ihm verlobt.

Also entschloss sich Pia, ihm einen kurzen Brief zu schreiben.

Sie hatte ja auch seine Adresse; und falls er nicht mehr dort, in seinem Elternhaus, wohnen würde, würden seine Eltern den Brief sicher an ihn weiterleiten. Außerdem glaubte sie nicht, dass er weggezogen wäre, das hätten ihr ihr Bruder Matthäus oder die Mutter Cecilia bestimmt mitgeteilt.

So schrieb sie an diesem Sonntag, als sie alleine in der Wohnung in Heidelberg war, den Brief an ihn.

Sie fragte ihn lediglich, wie es ihm gehen würde, sie hätte viele Wochen nichts mehr von ihm gehört, und wie er sich seine Zukunft vorstellen könnte, mit ihr oder ohne sie.

Sie wollte den Grund dafür wissen, warum er sich nicht mehr meldet. Immerhin waren sie verlobt.

Am nächsten Morgen, noch bevor sie in die Schule ging, gab sie den Brief beim Postamt ab.

Sie war gespannt auf seine Antwort.

Sie wollte auch erfahren, ob sie noch auf ihn zählen könnte, ob er weiterhin an ihr interessiert wäre.

Sie rechnete damit, bald eine Antwort zu erhalten. Ebenfalls einen Brief, mit Vorwürfen versehen, dass sie einfach wegen einer Ausbildung weggegangen wäre, obwohl sie doch verlobt waren.

Dass, das nicht geht, eine anständige junge Frau sich nicht so verhält, und er inzwischen eine andere Frau kennengelernt hätte. Diese wollte mit ihm zusammenleben und auch Kinder bekommen und großziehen.

Die Verlobung sei aufgelöst.

Aber Pia erhielt überhaupt keine Antwort.

Auch keine Mitteilung von seinen Eltern, dass er vielleicht nicht mehr in der Großstadt leben würde und umgezogen wäre.

Nach vielen Wochen ohne Lebenszeichen von ihm, schrieb sie noch einen Brief, der wesentlich kürzer als der erste war; dies sollte auch der letzte an ihn sein.

Sie teilte ihm lediglich mit, dass sie die Verlobung als aufgelöst betrachte, da er sich wochenlang nicht bei ihr gemeldet und auf ihren ersten Brief auch nicht geantwortet hätte.

Jetzt war für Pia ihre erste Verlobung beendet.

Ganz glücklich fühlte sie sich nicht bei diesem Gedanken. Anfangs hatte sie noch auf ein Happy End gehofft.

Pia dachte zuerst, dass sich alles noch einmal einrenken könnte, er sie besuchen würde und auf sie warten. Zwei Jahre sind ja schnell vorbei.

Aber sie hatte sich mit dieser Situation nun abgefunden und konzentrierte sich auf ihre Ausbildung. Sie war sehr fleißig und wollte unbedingt ihre Übersetzerprüfung mit guten Noten bestehen.

Pia war so jung. Sie hatte auch nach dem Prüfungsabschluss noch Zeit für eine neue Beziehung, vielleicht würde sie dann sogar heiraten und dazu Kinder bekommen.

Alles war offen.

Sie machte sich erst einmal keine Gedanken mehr darüber, weder über ihren Verlobten noch über eine neue Beziehung, und wie diese gestaltet werden könnte.

Sie wollte abwarten.

Schließlich war ja auch ihre Mutter, so lange nach dem Tod ihres Vaters, immer noch ohne Mann.

Sie hatte nie wieder geheiratet und keine neue Beziehung mehr gehabt. Die Erziehung und das Wohl ihrer beiden Kinder waren ihr sehr wichtig, darum kümmerte sie sich, damit war sie beschäftigt. Cecilia war trotzdem glücklich und zufrieden.

Sie hatte auch noch ein Ziel, wenn beide Kinder die Schule abgeschlossen und eine Berufsausbildung oder ein Studium hinter sich gebracht hätten, würde sie sich um einen Beruf für sich kümmern; oder zumindest versuchen, eine Arbeit zu finden, die ihr aber auch gefallen müsste.

Diesen Zukunftswunsch hatte ihre Mutter Cecilia noch.

Um die Finanzen musste sich Cecilia wenig Gedanken machen, da ihr von ihrem Ehemann ein beträchtliches Barvermögen vererbt worden war.

Auch würde sie bestimmt nach dem Tod ihrer Schwiegermutter noch einmal erben, so dass ihr Alter abgesichert wäre.

Cecilia wollte aber noch nicht daran denken, obwohl ihre Schwiegermutter Hildburg inzwischen schon recht alt geworden war und ihr Ende absehbar.

Doch nun wieder zurück zu Pia in Heidelberg.

Sie befand sich jetzt noch im ersten Halbjahr ihres Vorbereitungskurses auf die Übersetzerprüfung.

Pia hatte eine kleine Wohnung, die sie mit einer anderen Schülerin teilte, so dass sie das ungeliebte Pensionszimmer aufgeben konnte.

Die Schule machte Pia viel Spaß, sie lernte, erledigte ihre Hausaufgaben und war eine sehr fleißige Schülerin. Ihr gefiel es in Heidelberg.

Sie hatte eine neue Freundin gewonnen und kam auch gut mit ihren Mitschülern und Mitschülerinnen klar.

Ihre Beziehung zu ihrer Mutter und ihrem Bruder war nach wie vor sehr gut, obwohl sie sich wochenlang nicht sehen konnten.

Auch hatte sie das Glück, dass die Mutter ihre Ausbildung finanzierte; sie bezahlte das Schulgeld, die Miete; und Pia erhielt sogar noch ein kleines Taschengeld.

Ihre Verlobung hatte Pia aufgelöst, auf den Verlobten verzichtet.

Zu diesem Zeitpunkt war Pias Welt, insgesamt gesehen, in Ordnung.

Im zweiten Halbjahr fand der Unterricht am Nachmittag statt.

Jetzt hätte Pia am Abend ausgehen können, weil sie ja nicht mehr am frühen Morgen aufstehen musste, aber sie tat dies nicht. Sie lernte lieber am Abend.

Pia ging auch zur Uni und ließ sich als Gasthörerin für mehrere Kurse, die sie interessierten, eintragen.

Sie war wissens- und lernbegierig, außerdem sehr fleißig.

Lediglich am Wochenende, freitags oder samstags, konnte sie dazu überredet werden, auszugehen. Sportbegeistert war sie nach wie vor nicht.

Auch ihre neue Freundin Josefine konnte sie nicht dazu bringen, etwas Sport zu treiben.

Lieber nahm sie in Kauf, noch mehr an Gewicht zuzulegen.

Aber mittlerweile versuchte sie doch abzunehmen, und zwar durch weniger essen.

Dass ihre neue Freundin so schlank war, obwohl sie doch recht viel aß, lag daran, dass sie sich auch sehr oft sportlich betätigte.

Josefine fuhr Ski, spielte Tennis und lief Marathon. An keiner dieser Sportarten konnte Pia Gefallen finden.

Sie las lieber Bücher und lernte.

Jetzt, als Pia im zweiten Halbjahr war, kamen auch die Mutter und ihr Bruder Matthäus, um sie für ein langes Wochenende in Heidelberg zu besuchen.

In diesem Zeitraum war ihre Mitbewohnerin und Freundin Josefine mit ihrem Freund unterwegs, sie machten einen Wochenend-Trip nach Holland.

So konnte Matthäus im Zimmer der Freundin schlafen, und Pia und die Mutter teilten sich ihr Zimmer.

Pia hatte sich eine Luftmatratze von ihrer Freundin ausgeliehen, so dass es zwei Schlafmöglichkeiten, das Sofa und die Luftmatratze, in ihrem Zimmer gab.

Es war ein nettes Wochenende. Pia zeigte ihren Verwandten Sehenswürdigkeiten in Heidelberg und lud sie zum Italiener, zum Pizza-Essen, ein. Einmal ließ sich ihre Mutter Cecilia nicht davon abbringen und kochte selbst, Pias Leibgericht, gefüllter Paprika auf Reis. Das war ein sehr nettes gemütliches Essen wie in alten Zeiten daheim.

Am Sonntagmorgen fuhren Pias Lieblingsverwandte, ihre Mutter und ihr Bruder, leider schon wieder zurück in ihr zu Hause in der Großstadt.

Pia brachte sie noch zum Bahnhof.

Aber sie hatte die Zeit mit ihnen genossen.

Ihren früheren Verlobten vermisste sie nicht.

Pia dachte auch nicht mehr an ihn; und sie sprach noch nicht einmal mehr ihre Mutter auf ihn an. Inzwischen bestand kein Interesse mehr an ihm.

Pia hätte sich ohnehin ein Leben, so wie er es wollte, für sich nicht vorstellen können.

Das zweite Halbjahr verging sehr schnell.

Sie war jetzt im dritten Halbjahr des Vorbereitungskurses, der nun wieder am Vormittag stattfand. Sie lernte immer noch fleißig, einen neuen Mann gab es nicht.

Sie lebte weiterhin mit Josefine zusammen in der kleinen Wohnung in Schulnähe.

So verging die Zeit. Pia würde bald ihren 20ten Geburtstag feiern können.

Sie plante eine größere Geburtstagsfeier, die zwei Tage dauern sollte, und zu der sie auch die Mutter Cecilia und den Bruder Matthäus einladen wollte, sowie zwei alte Schulfreundinnen aus der Großstadt, mit denen sie in Briefkontakt stand.

Zuvor beabsichtigte Pia noch einmal ins Dorf zu fahren, um ihre alte Großmutter Hildburg, die Mutter ihres toten Vaters, sowie auch ihre Großeltern, die Eltern ihrer Mutter, und andere Verwandte, zu besuchen.

Zwei Wochen vor ihrem Geburtstag nahm sie sich den Freitag schulfrei und fuhr mit dem Zug am Donnerstagnachmittag zuerst in ihr zu Hause in der Großstadt.

Am Abend, als sie ankam, wurde sie natürlich von ihrer Mutter Cecilia am Bahnhof abgeholt.

Ihr Bruder Matthäus konnte nicht mitkommen, weil er stark erkältet war und auch Fieber hatte.

Am Freitag fuhr Pia dann mit Zug und Bus weiter ins Dorf. Zuerst besuchte sie ihre Großmutter Hildburg, die Mutter ihres toten Vaters.

Diese war inzwischen doch sehr alt geworden und kränklich dazu.

Sie konnte sich nicht mehr alleine auf den Beinen halten; man musste sie stützen. Aber geistig war sie noch rege. Sie freute sich sehr über den Besuch ihrer einzigen Enkelin.

Pia blieb den ganzen Nachmittag und Abend bei ihr, übernachtete sogar dort, weil es spät geworden war.

Am nächsten Vormittag verabschiedete sie sich von ihrer Großmutter und ging weiter zu ihren Großeltern, wo sie nicht so lange blieb. Sie waren noch nicht so alt und recht rüstig. Pia reiste schon am Nachmittag wieder zurück in die Großstadt, die sie am Abend erreichte. Sie blieb bis zum nächsten Nachmittag bei der Mutter und dem Bruder. Die Mutter Cecilia fuhr nicht mit zu Pias Großmutter und Großeltern, wie geplant, da Pias Bruder stark erkältet war und Fieber hatte.

Unter diesen Umständen wollte sie ihn nicht alleine lassen.

Pia konnte ihre Mutter nicht lange sehen; schon am Sonntag früh nachmittags ging ihr Zug zurück nach Heidelberg. Sie wollte am Montagmorgen pünktlich zur Schule kommen. Aber sie würden sich ja bald wiedersehen, in zwei Wochen sollten Pias Mutter und Bruder nach Heidelberg fahren, um mit Pia ihren 20ten Geburtstag feiern zu können.

Sie kamen dann auch, als es soweit war, Pias Bruder Matthäus hatte sich inzwischen erholt und keine Erkältung und kein Fieber mehr.

Auch ihre beiden alten Schulfreundinnen aus der Großstadt erschienen, wie geplant.

Dann hatte sie noch ihre neue Freundin Josefine mit Freund, sowie einige Mitschülerinnen aus ihrer Klasse, eingeladen.

Es war Sommer, und man konnte sich im Garten aufhalten.

Pia hatte sich einen Grill, mehrere Klappstühle, sowie drei Tische und eine Holzbank, von dem Freund ihrer Mitbewohnerin, und neuen Freundin, ausgeliehen; außerdem bei der Hausmeisterin die Erlaubnis eingeholt, an diesem Wochenende den Garten zum Feiern und Grillen wegen ihres 20ten Geburtstages benutzen zu dürfen.

Auch frühzeitig hatte sie darauf aufmerksam gemacht, dass es vielleicht ausnahmsweise an diesem Wochenende etwas lauter werden könnte, damit die Nachbarn nicht gleich die Polizei wegen Lärmbelästigung rufen würden. Sie hatte einen entsprechenden Aushang im Hausflur angebracht.

Außerdem lieh sie sich noch die drei Luftmatratzen von ihrer Mitbewohnerin Josefine, über die diese mittlerweile verfügte.

Und Josefine hatte ihr auch angeboten, an diesem Wochenende bei ihrem Freund zu übernachten.

Das Angebot nahm Pia natürlich gerne an.

Die eingeladenen Mitschülerinnen gingen am Abend nach Hause in ihre eigenen Zimmer oder Wohnungen und kamen am Folge-Nachmittag wieder. So brauchte Pia keine Pensionszimmer für ihre verbleibenden Gäste anmieten.

Eine ihrer Freundinnen brachte auch noch ihren Verlobten mit; sie wollte ihn Pia vorstellen, die ihn noch nicht kannte.

Im Zimmer ihrer Mitbewohnerin Josefine befand sich nicht nur ein kleines Bett, in dem ihr Bruder schlafen konnte, sondern auch noch eine Couch, auf der der Verlobte ihrer Freundin übernachtete.

Es war alles gut organisiert. Die Geburtstagsfeier fand samstags und sonntags statt.

Am Freitag davor hatte Pia das vorbestellte Fleisch beim Metzger abgeholt und am Samstag in aller Frühe, noch vor dem Eintreffen der ersten Gäste, die Brötchen, Backwaren und Kuchen, aus dem Bäckerladen besorgt. Sie hatte auch verschiedene Salate bereits am Freitag davor vorbereitet.

Getränke wurden schon Anfang der Woche nach und nach gekauft.

Der Freund ihrer neuen Freundin Josefine holte die Lebensmittel mit seinem Auto ab, und im Laufe des Freitagnachmittags brachte er auch den Grill, Stühle, Bank und Tische und stellte sie im Garten auf.

Der Geburtstag war am Samstag. Aber die Feier dauerte von Samstag bis Sonntag.

Alles war gut geplant und organisiert; und die eingeladenen Freunde und Freundinnen erschienen; und sie freuten sich mit Pia zusammen ihren Geburtstag feiern zu dürfen. Es war eine nette Party. Es gab viel zu erzählen.

Pia hatte ihre beiden Schulfreundinnen einige Zeit nicht gesehen; den Verlobten der Freundin kannte sie überhaupt nicht.

Die Sonne schien; und am Abend war auch für Musik gesorgt. Ihre neue Freundin Josefine hatte eine tolle Stereoanlage und einige Schallplatten besorgt. Aber sie übertrieben mit der Lautstärke nicht, und nicht mit dem Alkoholgenuss. Es wurde sehr wenig Wein und Sekt getrunken.

Pia freute sich auch über die netten Geschenke, welche sie erhielt.

Es waren teilweise sehr praktische Sachen, welche sie gut gebrauchen konnte und nicht selbst kaufen musste. Die Mutter schenkte ihr eine dicke Decke aus Wolle, welche für kalte Winterabende gedacht war.

Von ihrem Bruder bekam sie ein Buch, das sie sich ohnehin demnächst gekauft hätte.

Ihre beiden alten Schulfreundinnen hatten zusammengelegt und ihr ein schönes Porzellanservice gekauft. Ihre Mitschülerinnen brachten ihr Sekt, etliche Süßigkeiten und Bücher, mit. Von ihrer neuen Freundin bekam sie eine Halskette, die ihr sehr gefiel, aber die sie zu teuer fand und sich deshalb nicht selbst kaufte.

Pia freute sich sehr über die zahlreichen Geschenke.

Sekt und Süßigkeiten musste sie bestimmt für lange Zeit nicht mehr kaufen, davon hatte sie im Moment genug. Außerdem wollte sie abnehmen.

Am Samstagabend dauerte die Party bis in die frühen Morgenstunden. Am Sonntagnachmittag fand dann der zweite Teil des Festes statt, das war mehr ein Kaffeetrinken und kleines Abendessen, welches schon am späten Nachmittag begann.

Die ersten Gäste, die Mutter, ihr Bruder, ihre beiden alten Schulfreundinnen und der Verlobte der Freundin, mussten die Feier schon am späten Nachmittag, gleich nach dem Abendessen, verlassen, wegen ihrer Zugverbindung. Es war der letzte Direktzug an diesem Sonntag, welcher sie nach Hause brachte.

Nach deren Verabschiedung unterhielt sich Pia noch den Rest des Abends mit ihren anderen Gästen.

Aber die Party löste sich schon am frühen Abend auf, weil ihre Mitschülerinnen am nächsten Montag auch wieder in der Schule sein mussten.

Insgesamt war es eine sehr schöne Feier gewesen. Am späteren Abend saß sie noch mit ihrer neuen Freundin Josefine und deren Freund zusammen; und sie räumten, zumindest im Garten, auf.

Die geliehenen Gartenmöbel wurden auch noch in das Kombiauto des Freundes verfrachtet.

Ihre Mutter hatte leider negative Neuigkeiten aus ihrer Heimat mitgebracht. Am Sonntag, als Pias Geburtstag eigentlich schon vorbei war, sagte sie ihr, dass es ihrer Großmutter Hildburg, der Mutter ihres toten Vaters, gesundheitlich sehr schlecht gehen würde.

Sie hatte stark abgebaut, konnte überhaupt nicht mehr laufen. Und sie lag nur noch in ihrem Bett. Es gab genug Beschäftigte, die sich um den Hof kümmerten.

Auch wurde mittlerweile eine Krankenschwester eingestellt, die sie versorgte. Dazu bekam sie regelmäßig Medikamente und Spritzen. Aber trotz bester Betreuung sah ihre Zukunft nicht gut aus.

Da sie auch sehr alt und ihr Körper verbraucht war, glaubte der behandelnde Arzt, dass ihr Ende absehbar wäre.

Cecilia war für eine ganze Woche bei ihr auf dem Dorf gewesen und hatte Pias Bruder Matthäus in der Großstadt alleine in der Wohnung zurückgelassen.

Das war nicht so tragisch. Er war kein kleines Kind mehr.

Diese Großmutter hätte Pia gerne gesehen, sie wäre gerne zu ihrer Geburtstagsfeier gekommen, wenn sie körperlich gekonnt hätte. Pia war immerhin auch ihre einzige Enkelin. Sie hatte Cecilia einen Briefumschlag für Pia mitgegeben. In dem Umschlag befand sich eine Karte. Auf diese hatte ihre Großmutter einige Zeilen geschrieben und ihr zum 20ten Geburtstag gratuliert.

Außerdem waren mehrere Geldscheine darin, insgesamt 500 DM.

Pia freute sich einerseits, weil sie sich davon einen schönen Schrank kaufen konnte, der ihr noch fehlte, und wofür sie im Moment kein Geld mehr zur Verfügung hatte.

Andererseits war sie sehr traurig darüber, dass es ihrer Großmutter so schlecht ging; und sie bald sterben würde. Sie hätte sie gerne gesehen.

Also beschloss sie, an einem der nächsten Wochenenden ins Dorf zu fahren und sie zu besuchen. Sie wollte sie auf jeden Fall noch einmal sehen, bevor sie sterben würde.

Bei der Verabschiedung am Bahnhof meinte die Mutter, dass Pia sich beeilen müsste, lange würde die Großmutter nicht mehr leben.

Der Freund ihrer neuen Freundin Josefine hatte die Verwandten zum Bahnhof gebracht, und sie war mitgefahren und dann gleich wieder zu ihrer Geburtstagsfeier zurückgekehrt.

Die Großeltern, seitens ihrer Mutter, hatten erklärt, dass sie keine Zeit hätten, Pia besuchen zu kommen, auch nicht an ihrem Geburtstag. Es gäbe so viel auf dem Hof zu tun. Sie hatten Pias Mutter kein Geschenk für sie mitgegeben.

Pia beabsichtigte, so schnell wie möglich in das Dorf zu reisen, aber nur um ihre kranke Großmutter zu besuchen.

Sie wollte natürlich auf ihrer Reise, die sie über die Großstadt, in der die Mutter und Bruder Matthäus wohnten, und das auch noch in Bahnhofsnähe, führte, bei ihnen vorbeikommen, sie sehen.

Pia plante die Reise schon für das nächste Wochenende.

Ein kleines Geschenk, eine Schachtel Pralinen aus einer bekannten Konditorei in Heidelberg, auf deren Vorderseite das Schloss abgebildet war, hatte sie auch für ihre kranke Großmutter besorgt.

So trat Pia die nächste Reise in ihre Heimat schon am kommenden Freitagnachmittag an.

Am Abend erreichte sie, wie üblich, die Großstadt und wurde von der Mutter und dem Bruder abgeholt; am nächsten Mittag reiste sie weiter in das Dorf. So schnell hatten sie sich zuvor nicht wiedergesehen.

Dieses Mal kamen auch Mutter Cecilia und Bruder Matthäus mit. Sie begleiteten sie bei ihrem Besuch auf dem Dorf bei der Großmutter.

Natürlich freute sich die Großmutter sehr, vor allem, dass sie ihre einzige Enkelin, Pia, noch einmal vor ihrem Tod sehen durfte. Auch Pia war glücklich. Schließlich hatte sie als Kind auf dem Dorf bei dieser Großmutter gelebt und war ganz gut mit ihr klargekommen.

Sie übernachteten noch bei ihr und fuhren am Sonntag spätmorgens wieder in die Großstadt zurück, wo Pias Reise schon am Abend weiter nach Heidelberg ging.

Sie hatte ihrer Mitbewohnerin Josefine, vor Antritt der Reise, rechtzeitig ihre Ankunftszeit mitgeteilt.

Da der Zug Heidelberg spät am Abend erreichen würde, hatte sich Josefine bereit erklärt, sie am Bahnhof zusammen mit ihrem Freund abzuholen.

So kam Pia sicher wieder in die Wohnung zurück.

Pia wünschte sich, dass ihre Großmutter doch noch länger leben würde, sich vielleicht bei der guten Pflege mit Hilfe der Krankenschwester erholen könnte und auch einmal die Möglichkeit hätte, nach

Heidelberg zu kommen, um zu sehen, wie Pia dort lebt und auch um ihr den neuen Schrank zu zeigen, den sie als Geburtstagsgeschenk, von dem Geld, das sich im Umschlag befand, den ihr die Mutter von der Großmutter mitbrachte, gekauft hatte.

Dazu kam es leider nicht mehr. Eine Woche nach ihrem Besuch bei der Großmutter, sie hatte schon den nächsten Besuch vier Wochen später bei ihr eingeplant, war diese verstorben.

Cecilia rief bei der Hausmeisterin an, die Pia daraufhin die niederschmetternde Nachricht umgehend überbrachte. An diesem Nachmittag war sie sehr traurig; und sie dachte viel über sich, über ihr Leben, und die Großmutter, nach.

Über das kleine Vermögen, was sie einmal von ihr erben würde, machte sie sich keine Gedanken. Schließlich war ihre Großmutter Hildburg nicht arm gewesen. Ihr gehörte der größte Hof am Ort.

Sie hatte nur einen Sohn gehabt, der schon lange verstorben war; und immerhin war Pia ihre einzige Enkelin.

Es gab auch nicht so viele nahe Verwandte, eigentlich nur Pia, ihre Mutter Cecilia, und ihr jüngerer Bruder Matthäus.

Josefine fand Pia am Abend in einem sehr traurigen Zustand vor und versuchte, sie etwas aufzumuntern und abzulenken. Sie wollte mit ihr ausgehen, eventuell ins Theater; am Abend gab es eine Vorstellung; vielleicht auch ins Kino, wenn keine Theaterkarten mehr so kurzfristig zu bekommen wären; oder einfach nur zum Abendessen in das italienische Restaurant um die Ecke.

Aber Pia wollte nicht ausgehen. Sie hatte im Moment keine Lust dazu. Um nicht den ganzen Abend Trübsal zu blasen und die Freundin nicht zu verletzen, stimmte sie einem Abendessen beim Italiener zu.

Bei Pizza und Cola erzählte Pia ihrer Freundin von Großmutter Hildburg.

Josefine hörte ihr gut zu und versuchte ihr zu helfen und Ratschläge in dieser Situation zu geben.

Sie riet ihr, den Unterricht einmal ausfallen zu lassen und zur Beerdigung ins Dorf zu fahren. Das würde jeder verstehen.

Pia sollte einfach zu ihrer Klassenlehrerin gehen und sich für die nächsten Tage entschuldigen, ihr erklären, dass sie zur Beerdigung ihrer Großmutter fahren müsste, und es noch einige Formalitäten zu erledigen gäbe. Sie könnte den verpassten Stoff nacharbeiten.

Am nächsten Tag, gleich nach dem Schulunterricht, ging sie zum Postamt und rief ihre Mutter an.

Cecilia war zwar nicht zu Hause, aber Pias Bruder Matthäus, der ihr auch schon sagen konnte, wann die Beerdigung stattfinden würde. Sie erklärte ihm, dass sie am Tag davor Heidelberg verlassen und in die Großstadt kommen würde, um dann zusammen mit der Familie am nächsten Tag bei der Beerdigung dabei sein zu können.

Pia gab ihrer neuen Freundin Recht, sie hätte sich nie verziehen, bei der Beerdigung dieser Großmutter nicht dabei gewesen zu sein, sie nicht auf ihrem letzten Weg begleitet zu haben.

Deshalb ging sie auch zu ihrer Lehrerin, um sich ab Donnerstag für den Rest der Woche zu entschuldigen.

Die Beerdigung war für Freitagnachmittag geplant. Die Lehrerin verstand dies gut und riet ihr sogar, wenn es notwendig werden würde, noch ein paar Tage länger im Dorf zu bleiben, Pia wäre hiermit entschuldigt. Den verpassten Stoff könnte sie nachholen.

Sie wäre auch bereit, sich mit ihr nach dem Unterricht zusammenzusetzen und ihr beim Lernen des verpassten Lehrstoffes zu helfen.

Am nächsten Tag ging Pia dann noch zur Schule, wie immer, und erledigte auch ihre Hausaufgaben. Am Donnerstag, schon am Vormittag, machte sie sich auf zum Bahnhof und nahm den nächsten Zug in Richtung Großstadt.

Ihre Freundin Josefine und auch Mitschülerinnen, denen sie vom Tod ihrer Großmutter erzählt hatte, waren bereit, ihr zu helfen.

Ihre Mitschülerinnen wollten gemeinsam mit ihr lernen, und ihre Freundin bot ihr an, sie mit ihrem Freund am Bahnhof abholen zu kommen, falls sie spät abends oder früh morgens eintreffen würde.

Jetzt fuhr Pia erst einmal in die Großstadt zurück und am nächsten Tag in das Dorf, um ihrer Großmutter Hildburg die letzte Ehre erweisen zu können.
Mutter Cecilia wusste, dass Pia kommen würde. Sie wurde von ihrem Sohn Matthäus rechtzeitig darüber informiert.

Pia hatte zuvor ja mit ihrem Bruder telefoniert.

Cecilia war der Meinung, dass Pia nicht hätte kommen müssen. Sie hatte die Großmutter ja auch noch einmal ein paar Tage vor ihrem Tod gesehen. Aber Pia ließ es sich nicht nehmen, unbedingt bei der Beerdigung dabei zu sein.

Etliche Verwandte waren sogar erstaunt, dass Pia kurzfristig extra von soweit angereist war, um an der Beerdigung teilnehmen zu können.

Die Beerdigung hatte ihre Mutter organisiert und auch für Blumenschmuck im Namen der gesamten Familie gesorgt.

Darum musste Pia sich nicht kümmern. Großmutter Hildburg wurde christlich beerdigt.

Es kam der Pfarrer vom Nachbardorf, der auch die Trauerrede hielt.

Viele Menschen sagten der Großmutter Lebewohl, nicht nur nahe Verwandte und Nachbarn, auch Bekannte und Freunde aus den umliegenden Dörfern, sowie weitere Verwandte aus der Kleinstadt.

Nach der Beerdigung wurde noch ein Gottesdienst gehalten, den Pia auch besuchte.

Aber die Beerdigung mit den vielen Beileidsbezeugungen, die ihre Mutter und sie erhielten, machte Pia traurig.

Pia wäre gerne aufgrund eines anderen Anlasses ins Dorf gekommen, um all ihre Verwandten, ehemaligen Nachbarn und Bekannten, treffen zu können.

Aber der Tag verging; und am Abend fuhr sie mit Mutter und Bruder in die Großstadt zurück, wo sie erst einmal über Nacht blieb.

Abends sprach sie lange mit der Mutter und versuchte ihr Trost zu spenden.

Außerdem wollte Pia wissen, wie ihre Großmutter verstorben war.

Cecilia erklärte ihr, dass Großmutter Hildburg zu Hause in ihrem eigenen Bett friedlich eingeschlafen wäre. Zwei Tage vorher hatte Cecilia sie noch besucht; und wollte sie auch ins Krankenhaus einliefern lassen. Aber der Wunsch der Großmutter war dies nicht.

Sie wollte nicht in ein Krankenhaus gebracht werden. Da ohnehin keine Hoffnung auf Besserung ihrer Krankheit bestand, gab Cecilia nach und erfüllte ihr ihren letzten Wunsch.

Pia fand dies richtig.

Sie sagte der Mutter, dass sie genauso gehandelt hätte, wenn sie in ihrer Situation gewesen wäre.

Mutter Cecilia meinte noch, dass jetzt, nach der Beerdigung, einige Formalitäten auf sie zukämen. Auch musste eine wichtige Entscheidung getroffen werden, nämlich was mit dem Hof der Großmutter gemacht werden wird; ob man ihn weiterhin behalten würde und auch das Personal dort arbeiten könnte wie bisher, oder ob man die beschäftigten Arbeiter und Arbeiterinnen entlassen und den Hof verpachten oder vielleicht sogar verkaufen sollte.

Cecilia wollte ihre Entscheidung nicht alleine treffen; sondern vor allem Pia mit einbeziehen, da sie ja auch erwachsen war. Sie hatte sich aber vorgenommen, zuerst einmal die Rentabilität des Hofes zu prüfen und darüber mit der Buchhalterin zu reden.

Cecilia ging davon aus, den Hof geerbt zu haben, sie war ja die nächste Verwandte.

Und Großmutter Hildburg hatte ihr dies auch ein paar Tage vor ihrem Tod gesagt. Außerdem sollte ein Testament vorliegen.

Es gab auch schon einen Termin für die Testamentsvorlesung.

Aber Pia wollte diesen Termin nicht abwarten und nicht so lange bleiben.

Sie beabsichtigte, so schnell wie möglich wieder nach Heidelberg zurückzufahren, um weiter ihren Unterricht wahrnehmen zu können und nicht so viel Stoff zu versäumen. Sie war ja eine sehr fleißige Schülerin, die sich gute Schulnoten wünschte, und auch die Übersetzerprüfung nach Abschluss des Vorbereitungskurses ablegen und bestehen wollte.

So schlug Pia der Mutter vor, in ein paar Wochen nach dem Testamentsvorlesungstermin wieder zu kommen.

Sie wollte dann mit ihr über die weitere Vorgehensweise sprechen.

Zu diesem Zeitpunkt hätte Cecilia bestimmt auch schon herausgefunden, ob der Hof rentabel ist und so weitergeführt werden kann.

Obwohl die Mutter auf dem Dorf aufwuchs, und deswegen mit landwirtschaftlichen Arbeiten vertraut, war sie nicht so sehr daran interessiert, einen Hof zu führen.

Auch gefiel es ihr letztendlich in der Großstadt besser.

Außerdem hatte sie sich natürlich inzwischen an das Großstadtleben gewöhnt, obwohl sie anfangs nur in die Großstadt zog, weil sie viele Vorteile für ihre beiden Kinder, Pia und Matthäus, darin sah.

Pia verbrachte nur eine Nacht in der Großstadt bei der Mutter und dem Bruder.

Bereits am nächsten Tag fuhr sie wieder nach Heidelberg zurück.

Pia hätte noch einen Tag bleiben können; aber sie wollte dies unter den gegebenen Umständen nicht. Sie zog es vor, zu einem späteren Zeitpunkt wieder zu kommen und sich dann auch länger dort aufzuhalten.

Sie brauchte dieses Mal niemanden, der sie vom Bahnhof in Heidelberg abholen würde.

Sie kam am frühen Abend an; es war noch hell; sie hatte auch keinen schweren Koffer zu tragen, kaum Gepäck. Ihre Mitbewohnerin Josefine war überrascht, dass Pia schon am frühen Sonntagabend eintraf. Sie hatte damit gerechnet, dass sie noch ein paar Tage länger bei ihrer Familie bleiben würde. Aber andererseits freute Josefine sich auch, dass Pia wieder da war. Sie hatte sich an sie gewöhnt und war nicht so gerne alleine in der Wohnung. Ihr Freund studierte noch und lernte viel.

Jetzt musste er sich auch gerade wieder auf Klausuren vorbereiten und hatte kaum Zeit für seine Freundin.

So saßen sie den ganzen Abend zusammen und erzählten. Die neue Freundin Josefine war ja auch neugierig und wollte wissen, wie die Beerdigung auf dem Dorf verlaufen war. Schließlich wurde es Mitternacht, als sie zu Bett gingen.

Am nächsten Morgen besuchte Pia wieder die Schule und ließ sich erklären, was sie nacharbeiten musste. Es war nicht sehr viel; sie hatte ja nur zwei Schultage gefehlt. Pia stürzte sich ins Lernen und vergaß dabei auch ihren Kummer über den Tod von Großmutter Hildburg.

Zwei Wochen später rief die Mutter dann wieder bei der Hausmeisterin an, der Notartermin für die Testamentseröffnung war vorbei, und sie hatte sich auch über die Rentabilität des Hofes erkundigt.

Nun wollte Cecilia, dass Pia ein paar Tage zu ihr kommen sollte, um das weitere Vorgehen mit ihr zu besprechen.

Pia ging am nächsten Nachmittag zum Postamt und rief sie zurück.

Sie wollte nicht gleich am kommenden Wochenende in die Großstadt fahren, sondern erst später. Natürlich war Pia schon gespannt, wie das Testament ausgefallen war; und wie es um den Hof stand. Aber dies musste sie nicht gleich erfahren, später war ihr auch noch früh genug. Sie hatte nämlich ihr kommendes Wochenende schon restlos verplant.

Es gab ein Musikkonzert; der Freund ihrer Freundin Josefine hatte Karten dafür besorgt; und sie wollte auch unbedingt mitgehen.

Pia war immer noch im dritten Schulhalbjahr und besuchte den Vormittags-Vorbereitungskurs. Sie machte ihre Hausaufgaben und lernte. Sie war eine fleißige Schülerin.

Zwei Wochen später fuhr sie dann am Wochenende, bereits am Freitagnachmittag, wieder mit dem Zug zu Mutter Cecilia in die Großstadt und wurde, wie immer, von der Mutter und dem Bruder bereits am Bahnhof in Empfang genommen. Beide freuten sich auch dieses Mal sehr über ihren Besuch.

Nachdem Bruder Matthäus zu Bett gegangen war, sprach Mutter Cecilia mit Pia über das Testament von Großmutter Hildburg und den Hof.

Welche Entscheidungen sollten getroffen werden?

Mutter Cecilia meinte, Bruder Matthäus wäre noch zu jung, um sich mit dieser Angelegenheit zu befassen und mit zu entscheiden. Er müsste erst einmal seinen Schulabschluss machen.

In knapp zwei Jahren wäre seine Realschule beendet. Er würde bestimmt dann ein gutes Abschlusszeugnis erhalten und wüsste auch schon, was er danach machen würde, bzw. welche Lehre er anfangen wollte.

Jetzt bestand die Gelegenheit für Mutter Cecilia, sich in aller Ruhe mit ihrer Tochter Pia ernsthaft und ohne Zeitdruck unterhalten zu können.

Sie sprachen zuerst über das Testament. Wie von Schwiegermutter Hildburg, kurz vor ihrem Tod, versprochen, erbte Cecilia den Hof. Etwas Barvermögen hatte sie auch Pia und Matthäus direkt vermacht.

Nach dem Tod Cecilias sollten Pia und Matthäus den Hof zu gleichen Teilen erben. Andere Verwandte hatten auch etwas geerbt, Grundstücke und Wertgegenstände.

Cecilia wollte sich jetzt mit Pia darüber unterhalten, wie es mit dem Hof weitergeht.

Der Hof war rentabel. Er warf Gewinn ab.

Deshalb schlug Mutter Cecilia vor, das Hof-Bewirtschaftungskonzept beizubehalten und das Personal nicht zu entlassen. Sie wollte sich auch um den Hof kümmern und die weitere Entwicklung im Auge behalten, anstelle einer Arbeit nachzugehen oder doch noch einen Beruf zu erlernen, was sie nach dem Schulabschluss ihres Sohnes geplant hatte.

Pia war damit einverstanden. Sie plante nach Ende ihres dritten Schulhalbjahres noch das vierte anzuschließen.

Danach sollte die Übersetzerprüfung folgen.

Weitere Pläne für ihre nahe Zukunft hatte Pia in diesem Moment noch nicht.

Sie erklärte der Mutter ehrlich, dass es zurzeit auch keinen neuen Mann für sie gäbe, niemand mit dem sie sich verloben oder den sie heiraten wollte.

Auch ans Kinderkriegen dachte sie zurzeit nicht. Aber das könnte sich ja noch ändern.

Pia hatte jetzt ein Alter von 20 Jahren erreicht. Ihre einzige Planung, außer ihrer beruflichen Zukunft, war, etwas abzunehmen. Sie tendierte schon, bevor sie nach Heidelberg kam, zur Molligkeit. Jetzt hatte sie noch ein paar Kilos zugelegt.

Während ihre neue Freundin groß und superschlank daherkam. Die jungen Männer liefen ihr nicht gerade nach; vielleicht war ihre Dickleibigkeit auch ein Grund dafür.

Zurzeit war schlank zu sein in Mode. Aber das machte Pia im Moment nichts aus. Sie wollte ohnehin erst ihre Übersetzerprüfung ablegen, bevor sie sich wieder auf eine Beziehung einlassen würde. Das ernsthafte und lange Gespräch dauerte bis Mitternacht.

Sie verbrachte noch den Rest des Wochenendes in der Großstadt.

Pia ging zuerst mit der Mutter und dem Bruder auswärts essen, was sie schon einige Zeit zusammen nicht mehr getan hatten.

Der Bruder durfte das Lokal aussuchen.

Er wählte eine Pizzeria, wovon Pia im ersten Moment nicht so begeistert war, weil sie ja abnehmen wollte und in nächster Zeit keine Kalorienbomben, wie Pizza, zu sich nehmen.

Aber es gab auch Salate dort. Sie suchte sich dann einen mit Tomaten und Mozzarellakäse aus.

Danach machten sie einen Spaziergang durch die Einkaufsstraße.

Es war ein sehr netter Nachmittag.

Am Abend traf Pia sich dann mit ihren beiden Freundinnen, ohne den Verlobten, den mittlerweile eine der Freundinnen hatte.

Es war ein Damenabend, der lange dauerte, schließlich hatten sich die drei Freundinnen einige Zeit nicht gesehen, und es gab viel zu erzählen.

Am Sonntag spät vormittags frühstückte sie noch mit Mutter Cecilia und Bruder Matthäus.

Am frühen Nachmittag gingen alle drei zum Bahnhof, und Pia fuhr wieder nach Heidelberg zurück.

Die Mutter hatte ihr noch vorgeschlagen, sie doch ins Dorf zum Hof der Großmutter zu begleiten, damit sie ihr zeigen könnte, wie dieser nun bewirtschaftet werden würde.

Aber Pia hatte im Moment dazu keine Lust. Sie wollte noch etwas damit warten, vielleicht bei ihrem nächsten Besuch. Großmutter Hildburg war erst vor kurzem verstorben.

Alles würde sie an sie erinnern, was ihr jetzt noch zu viel war.

Bestimmt würde sie anfangen zu weinen, weil sie doch an der Großmutter gehangen und sie geliebt hatte. Das wünschte sie sich aber nicht vor den Augen der Beschäftigten.

Was Pia wissen wollte, hatte sie von der Mutter nun erfahren.

Jetzt wünschte sie sich, weiter zu lernen, das dritte und vierte Schulhalbjahr hinter sich zu bringen und danach die Übersetzerprüfung mit einem guten Notenschnitt abzuschließen. Das war ihr wichtig.

Später würde Pia sicherlich auch den Hof ihrer verstorbenen Großmutter begutachten.

Ihr Plan war, das in den Ferien, die nach Abschluss des dritten Schulhalbjahres folgen, zu machen.

Sie war an dem Hof, den sie kannte, und auf dem sie ja auch aufgewachsen war, schon interessiert; und sie wollte sich auch darum kümmern, wie es mit ihm weitergehen sollte. Schließlich würde sie diesen einmal erben.

Pia hatte jetzt sogar vor, während ihrer nächsten Ferien für zwei Wochen ins Dorf zu gehen, sich den Hof anzusehen und mit ihrer Mutter zusammen die weitere Bewirtschaftung des Hofes genau zu planen.

Sie wollte dann auch mit der Buchhalterin einen Termin vereinbaren.

Das hatte sie zu diesem Zeitpunkt, ca. 6 Wochen vor Ferienbeginn, so geplant und auch Mutter Cecilia gleich telefonisch darüber informiert. Sie freute sich sehr, dass Pia an dem Hof stark interessiert war und so viel Zeit dafür investieren wollte.

Doch es kam anders.

Erst einmal war Pia ja noch in Heidelberg. Sie besuchte den Unterricht, machte ihre Hausaufgaben und lernte viel.

Eines Nachmittags hatte sie sich mit ihrem Lieblingsbuch in ein Café im Zentrum der Altstadt in Nähe der Heiliggeistkirche gesetzt und trank Kaffee, auf den Kuchen verzichtete sie erst einmal, um abzunehmen.

Da Freundin Josefine den Nachmittagskurs in der Sprachenschule besuchte, war sie alleine losgegangen.

Den ganzen Nachmittag auf ihrem Zimmer verbringen und lernen wollte sie heute nicht; außerdem schien draußen die Sonne. Lernen und Hausaufgaben machen konnte sie auch noch am Abend.

Pia nahm ihr Lieblingsbuch mit, das war im Moment ein Reisebericht über Südamerika, davon gab es mehrere Teile.

Sie hatte sich Teil eins gekauft und war ganz begeistert. In Südamerika war sie noch nie gewesen, und es musste so schön sein. Außerdem wurde in den meisten Ländern dort Spanisch gesprochen.

Pia hätte sich gut verständigen können. Vielleicht würde für sie doch einmal nach Abschluss ihres Vorbereitungskurses die Möglichkeit bestehen, dorthin zu fliegen und eine Rundreise zu machen.

Geld dafür war ja jetzt, durch das Barvermögen, was ihr Großmutter Hildburg vermacht hatte, vorhanden.

Pia hatte auch schon ein Reisebüro in Heidelberg entdeckt, das diverse Südamerikareisen anbot.

Während Pia so nachdachte und ihr Buch las, bemerkte sie einen jungen Mann, der langsam auf sie zugekommen war und jetzt bereits neben ihr stand.

Er entschuldigte sich, wollte sie nicht erschrecken und stellte sich vor. Sein Name war Samuel.

Er meinte, dass es außergewöhnlich wäre, in Heidelberg eine junge Frau zu entdecken, die ein Buch über Südamerika lesen würde, und das auch noch in spanischer Sprache.

Pia entgegnete ihm, dass sie mittlerweile ganz passabel Spanisch sprechen könnte und Spanisch sowieso ihre Lieblingsfremdsprache wäre, dazu würde sie sich für Südamerika interessieren.

Der junge Mann war jetzt doch sehr beeindruckt und fragte Pia, ob er sich einen Moment zu ihr setzen dürfte. Pia überlegte nur kurz, dann erlaubte sie es ihm.

Schließlich war es Nachmittag, und sie befanden sich in einem Café mitten in der Altstadt von Heidelberg.

Außerdem war Pia nun auch etwas neugierig geworden. Dieser junge Mann sah anders aus als die Studenten, die sie bis jetzt in Heidelberg angetroffen hatte. Obwohl er ganz gut Deutsch sprach, hatte er doch einen Akzent, den Pia aber auf Anhieb nicht zuordnen konnte. Sie gestand sich ein, dass er gut aussah.

Er war groß, schlank und dunkelhaarig, und er machte einen gepflegten Eindruck. Er nannte sich Samuel.

Er verhielt sich auch nicht zu aufdringlich.

Pia wollte ein wenig mit ihm plaudern, sich die Zeit vertreiben bei dem schönen Wetter am Nachmittag in Heidelberg. Er meinte aber, dass er gleich wieder weitergehen müsste, weil er an diesem Nachmittag noch einen Klausurtermin an der Uni hätte.

Er würde Betriebswirtschaft studieren.

Aber er wollte sie sehr gerne wiedersehen.

Ob er sie am nächsten Nachmittag um die gleiche Zeit nochmals in diesem Café treffen könnte?

Er sagte Pia noch, dass er Südamerikaner wäre und seine Muttersprache Spanisch, aber in den letzten Monaten hier in Heidelberg niemanden gefunden hätte, mit dem er gelegentlich Spanisch sprechen könnte, das würde ihm irgendwie fehlen.

Außerdem hätte er auch Teil zwei und drei des Buches, das sie gerade las, zu Hause und würde ihr gerne beide Bücher mitbringen und schenken.

Pia war jetzt ganz begeistert. Sie wollte nämlich sehr gerne noch viel mehr über Südamerika erfahren; und jetzt saß ein richtiger Südamerikaner neben ihr.

Auch von einer Spanischkonversation konnte sie nur profitieren, dazu wollte er ihr noch die beiden interessanten Bücher schenken.

Pia hatte zwar überhaupt nicht geplant, demnächst wieder in diesem Café zu sitzen.

Aber Samuels nette Einladung nahm sie an, weil sie ihn doch gerne wiedersehen wollte.

Deshalb sagte Pia zu, ihn am nächsten Tag am Nachmittag um die gleiche Zeit in diesem Café wiederzutreffen.

Samuel freute sich sehr und verabschiedete sich von Pia.

Pia wünschte ihm viel Glück für seine Klausur.

Dann eilte Samuel davon.

Pia trank noch ihren Kaffee aus und ging zurück in die kleine Wohnung, die sie mit Freundin Josefine teilte.

Josefine war auch schon vom Unterricht zurück. Pia erzählte ihr das Nachmittagserlebnis im Café.

Josefine fand es erst einmal gut, dass Pia bei diesem schönen Wetter die Wohnung verließ und freute sich für sie, dass sie einen netten jungen Mann kennengelernt hatte.

Dann kamen bei Pia aber Bedenken auf. Ob dieser interessante, gutaussehende und gebildete, junge Mann am nächsten Nachmittag überhaupt wieder im Café auftauchen würde; und wenn er nicht zur vereinbarten Zeit käme, wie lange wäre es ratsam, auf ihn zu warten, vielleicht 5 Minuten, 10 Minuten oder etwa auch noch eine Viertelstunde und etwas länger? Und was sollte sie anziehen?

Ihre Freundin Josefine riet ihr, hinzugehen und nicht vorher schon so viel nachzudenken, einfach spontaner zu sein, aus der Situation heraus zu entscheiden.

Und falls er nicht pünktlich da wäre, sollte Pia doch lieber erst im Café überlegen, ob und wie lange sie dann auf ihn warten wollte.

Was das Anziehen betraf, meinte Josefine, dass sie sich nicht verkleiden sollte. Sie müsste sich wohlfühlen, mit dem was sie anzog.

Am nächsten Nachmittag machte sich Pia dann auf den Weg in die Altstadt zum Café.

Vorher hatte sie sich aber noch umgezogen. Pia entschied sich dafür, ihre Alltags-Jeans zu tragen, aber eine neue und moderne Bluse, welche sie gut kleidete, und die Mutter Cecilia ihr bei ihrem letzten Besuch in der Großstadt geschenkt hatte, anzuziehen.

Der Geschmack der Mutter war ausgezeichnet. Sie wusste, was Pia passte, wie sie sich vorteilhaft kleiden konnte. Pia hängte sich noch die Kette, welche ihr ihre beste Freundin geschenkt hatte, um. Sie zog erst ihre Turnschuhe aus und die Sandaletten an; aber dann entschied sie sich gegen die Sandaletten, weil sie bequeme Schuhe tragen wollte, in denen sie auch laufen konnte.

Als Pia 5 Minuten vor der vereinbarten Zeit im Café eintraf, war der junge Mann schon da und wartete bereits auf sie. Pia ging auf ihn zu, und Samuel begrüßte sie freundlich in spanischer Sprache. Sie grüßte auf Spanisch zurück.

Dann überreichte er ihr Band zwei und drei der Bücher über Südamerika, welche Pia so gefielen.

Sie führten das weitere Gespräch auch in spanischer Sprache. Für Pia war das kein Problem.

Sie hatte mittlerweile über ein Jahr intensiv Spanisch in der Sprachenschule gelernt und davor auch schon über gute Spanischgrundkenntnisse verfügt, die sie sich auf dem Gymnasium in der Großstadt angeeignet hatte.

Außerdem war Spanisch immer Pias Lieblingsfremdsprache gewesen. Aber sie beeindruckte Samuel.

Er sagte ihr, dass er vorher noch nie eine junge Frau deutscher Nationalität getroffen hätte, die so gut Spanisch sprechen würde, wie sie.

Natürlich freute er sich auch darüber, dass sie sich so für Südamerika interessierte.

Er erzählte ihr, dass er aus Kolumbien käme und in der Hauptstadt Bogotá geboren und aufgewachsen wäre; dort hätte er auch sein Abitur gemacht.

Die deutsche Sprache wäre ihm von seiner Mutter beigebracht worden, die ursprünglich aus Deutschland stammte.

Sein Vater hätte sie aber in Kolumbien kennengelernt, wo sie bei einer Familie als Au-pair-Mädchen arbeitete. Sie verfügte auch zu diesem Zeitpunkt schon über Spanischkenntnisse, die sie noch verbesserte.

Er berichtete ihr über das Land Kolumbien und die Hauptstadt Bogotá, eine Großstadt mit mehreren Millionen Einwohnern. Bogotá ist die weitläufige, hochgelegene Hauptstadt Kolumbiens.

In Candelaria, dem mit Pflastersteinen belegten Zentrum der Stadt, befinden sich Gebäude aus der Kolonialzeit, wie das neoklassizistische Kolumbus-Theater (Teatro Colón) und die Kirche San Francisco aus dem 17. Jahrhundert.

Bogotá verfügt außerdem über beliebte Museen, wie das Museo Botero, mit Kunstwerken des Malers Fernando Botero, und das Museo del Oro, mit Sammlungen präkolumbischer Goldobjekte.

Pia kannte natürlich keine spanischen oder südamerikanischen Dialekte.

Aber da hatte sie mit diesem Gesprächspartner, der aus Kolumbien kam, wahrscheinlich wirklich Glück, weil Kolumbianer das klarste, deutlichste und für Ausländer gut zu verstehende Spanisch ganz Lateinamerikas, ein eher höfisches Spanisch der einstigen Konquistadoren, sprechen sollen. Pia erzählte ihm, dass sie in einem ganz kleinen Dorf geboren worden war und später, nach dem Tod ihres Vaters, in die Großstadt zog, wo sie dann auch ihre Abiturprüfung ablegte.

Da die Zeit schon fortgeschritten war, und Samuel auch noch einen Vorlesungstermin hatte, beschlossen sie, sich am nächsten Nachmittag um die gleiche Zeit wieder in diesem Café zu treffen, um weiter zu erzählen, über das was sie jetzt machten und über ihre Zukunftsvorstellungen.

Als Pia zu Hause ankam, war ihre Mitbewohnerin nicht da.

Josefine hatte noch Unterricht in der Sprachenschule. So blieb Pia genügend Zeit, ihre Hausaufgaben zu erledigen.

Als Josefine eintraf, war sie natürlich neugierig, zu wissen, was Pia am Nachmittag erlebt hatte.

Ob der junge Mann pünktlich zur Verabredung gekommen war, wie das Gespräch verlief, und ob sie Spanisch miteinander redeten. Pia beantwortete all ihre Fragen ausführlich. Pia erzählte ihr auch, dass sie sich mit dem jungen Mann wieder verabredet hätte, und zwar schon am nächsten Nachmittag zur gleichen Zeit und im gleichen Café.

Josefine war angenehm überrascht und hoffte für Pia, dass sie jetzt doch einen netten jungen Mann kennengelernt hat. Sie hätte ihr das von Herzen gewünscht.

Ihre erste Verlobung war in die Brüche gegangen; und Pia hatte in letzter Zeit nicht so viel Glück.

Die Großmutter Hildburg verstarb, was Pia doch sehr mitnahm, auch wenn sie das nicht so zeigen wollte.

Weil Josefines Freundin jünger war als sie und dazu gut behütet aufgewachsen, wollte sie sie auch beschützen, sich um sie kümmern. Sie versuchte zu vermeiden, dass die ernsthafte und fleißige Pia jemanden kennenlernt, der sie ausnutzt.

Josefine wünschte Pia einen ernsthaften und ehrlichen Partner, mit dem sie eine Beziehung aufbauen könnte. Es gab doch auch so viele nette, seriöse und gebildete, junge Männer in Heidelberg.

Einen südamerikanischen Studenten kannte Josefine nicht.

Ihr Freund, mit dem sie schon eine, mehr als ein Jahr dauernde, Beziehung führte, war Deutscher, aber er hatte auch etliche Bekannte und Kommilitonen, die aus Großbritannien, Frankreich und den USA stammten. Ob Pia jetzt ihren Traummann gefunden hatte, würde die weitere Entwicklung zeigen.

Dass Pia die Sache langsam anging und nichts überstürzte, sie traf sich erst einmal mit dem jungen Mann aus Südamerika nachmittags im Café, um ihn besser kennenzulernen, fand Josefine gut.

Aber dieses Vorgehen passte auch zu Pia, entsprach ihrem Charakter; vielleicht war der junge Mann ja ähnlich. Dann würden beide gut zueinander passen.

Pia traf sich auch weiterhin nachmittags zur gleichen Zeit in dem schönen Café in Heidelbergs Altstadt in Nähe der Heiliggeistkirche mit Samuel.

Und Pia ging danach wieder nach Hause; manchmal früher, manchmal auch etwas später, wie es sich ergab, aber niemals sehr spät. Sie war immer schon zu Hause, wenn ihre Mitbewohnerin, Freundin Josefine, vom Nachmittagsunterricht zurückgekommen war. Samstags und sonntags sahen sie sich nicht.

Sicherlich hatte Pia auch die Absicht, weiterhin ernsthaft zu lernen, ihre Hausaufgaben zu machen und den Vormittagskurs zu besuchen.

Pia wollte nicht spätabends nach Hause kommen und dann vielleicht am nächsten Morgen sehr müde sein und die ersten Unterrichtsstunden versäumen.

Ihr Ziel war es, unbedingt den Vorbereitungskurs regelmäßig zu besuchen.

Sie wollte lernen, ihre Hausaufgaben machen und die Übersetzerprüfung mit guten Noten bestehen.

Dann eines Tages erschien der junge Mann aus Südamerika, namens Samuel, mit einem kleinen Koffer in der Hand und erklärte Pia, dass er die nächsten drei Nachmittage nicht kommen könnte, weil er sich um seine Verwandten kümmern müsste.

Samuel wollte noch am späten Nachmittag mit dem Zug in eine nahegelegene Großstadt fahren, um dort Verwandte von ihm aus Südamerika zu treffen und ihnen zu helfen. Sie würden kaum Englisch und überhaupt kein Deutsch sprechen, so dass er dolmetschen müsste.

Seine Tante war wohl sehr krank und mit Familienanhang aus Bogotá gekommen, um sich in Deutschland operieren zu lassen.

Am Freitagabend wäre Samuel aber wieder zurück. Und dann hätte er auch eine Party geplant, bei sich zu Hause.

Er würde hier ganz in der Nähe in der Altstadt wohnen.

Er hatte seine Anschrift auf einen Zettel geschrieben und Pia gegeben, so gegen 21:00 Uhr sollte die Party beginnen, und er würde sich sehr freuen, wenn sie kommen könnte.

Pia zögerte kurz.

Aber die übliche Ausrede, wenn sie eine Abendeinladung absagen wollte, hätte in diesem Fall nicht funktioniert.

Sie konnte Samuel nicht glaubhaft erklären, dass sie nicht kommen könnte, weil sie morgens früh aufstehen müsste, da der Unterricht am Vormittag stattfinden würde.

Der Folgetag wäre nämlich ein Samstag gewesen; und samstags und sonntags hatte die Schule geschlossen.

Dann sagte sie zu. Kurz darauf kam ein Taxi, das Samuel bestellt hatte, und welches ihn zum Bahnhof fuhr.

Pia blieb auch nicht mehr lange, sie trank noch ihren Kaffee aus und ging dann nach Hause.

Sie ärgerte sich über sich selbst, dass sie so schnell diese Abendeinladung angenommen hatte, und sie fühlte sich etwas überrumpelt.

Sie sollte Samuel am Abend in seiner Wohnung besuchen. Aber sie wäre ja nicht alleine mit ihm. Er sprach von einer Party. Natürlich war sie auch neugierig auf seine Freunde und Kommilitonen.

Dazu kam, dass der junge Mann höflich war und Manieren hatte. Sie kannte Samuel mittlerweile auch schon seit zwei Wochen.

Vielleicht könnte er das Interesse an ihr verlieren, wenn sie nicht kommen würde.

Am Abend sprach Pia dann mit ihrer Freundin über das Problem.

Diese meinte, sie sollte doch hingehen. Es würde ihr eine gute Gelegenheit bieten, seine Freunde kennenzulernen. Sie bräuchte ja auch nicht so lange zu bleiben, wenn es ihr nicht gefallen würde.

Pia hatte sich dann letztendlich dazu entschlossen, auf die Party zu gehen.

Kurz vor 21:00 Uhr verließ Pia ihre Wohnung und machte sich auf den Weg.

Ein paar Minuten nach 21:00 Uhr traf sie ein.

Laute Musik konnte sie schon im Treppenhaus hören.

Die Wohnungstür war nur angelehnt, Pia läutete mehrmals, aber niemand kam zur Tür, wahrscheinlich war die Türglocke aufgrund des Lärms nicht zu hören. Pia ging hinein und rief nach Samuel.

Es sah schrecklich in der Wohnung aus, unaufgeräumt, Müll lag herum, hinter der Wohnungstür an die Wand gelehnt knutschte ein Pärchen. Ein junger Mann kam auf Pia zu und schob sie ins nächstgelegene Zimmer, dort angekommen versuchte er, sie aufs Sofa zu schubsen. Sie riss sich los und verließ die Wohnung fluchtartig. Mehr als enttäuscht ging sie nach Hause zurück.

Was hatte sich der junge Mann dabei gedacht, sie auf so eine Party einzuladen; und war Samuel überhaupt auf der Party in seiner Wohnung?

Pia hatte ihn nämlich nicht gesehen. Aber er könnte natürlich in einem anderen Zimmer gewesen sein und sie nicht gehört und auch nicht gesehen haben.

Als ihre Freundin Josefine von einem Kinobesuch zurückkam, war sie überrascht, Pia schon zu Hause vorzufinden.

Josefine fragte sie, ob ihr die Party nicht gefallen hätte.

Pia erzählte ihr von ihrer Enttäuschung und auch von dem Vorfall.

Ihre Freundin war entsetzt. Damit hatte sie nicht gerechnet.

Sie riet ihr, diesen jungen Mann überhaupt nicht mehr zu treffen. Es war aber auch keine weitere Verabredung ausgemacht worden.

Pia wollte auf jeden Fall erst einmal Abstand nehmen und abwarten. Sie würde auch nicht mehr am Nachmittag in das Café gehen. Samuel hatte zwar nicht Pias Anschrift, aber den Namen der Sprachenschule, die sie besuchte, und sogar die Nummer ihres Klassenzimmers.

Also würde es für ihn doch recht einfach sein, sie ausfindig zu machen, wenn er das wollte.

Wie sollte Pia reagieren, wenn Samuel wirklich morgens in das Klassenzimmer käme? Sie wusste dies noch nicht. Sie wollte darüber nachdenken. Jetzt kam erst einmal das Wochenende, wo sie schulfrei hatte.

Ihre Freundin Josefine lenkte sie vom Trübsal blasen ab. Am Samstag gingen sie zuerst zum Italiener zum Mittagessen. Danach machten sie einen Einkaufsbummel durch die Altstadt. Am frühen Abend kehrten sie wieder nach Hause zurück. Pia erledigte ihre Hausaufgaben und lernte, ihre Freundin Josefine wurde abgeholt.

Josefine würde erst am Montagmorgen wieder zurück sein.

Von Samstagabend bis Sonntagabend wollte der jüngere Bruder ihres Freundes seinen achtzehnten Geburtstag feiern. Er lud natürlich auch seinen älteren Bruder und dessen Freundin dazu ein.

Jedenfalls war Pia jetzt den ganzen Sonntag alleine in der Wohnung. Sie ging auch nicht aus.

Pia las ihr Buch zu Ende und sah fern.

Am Montag stand sie wie gewöhnlich am frühen Morgen auf und besuchte den Vorbereitungskurs in der Sprachenschule. Alles war wie immer. Auch am nächsten Tag.

Aber als Pia wieder in die Wohnung zurückkam, und sie automatisch, wie an jedem Nachmittag, einen Blick in ihren Briefkasten warf, sah sie, dass sich ein Brief darin befand, auf diesem keine Briefmarke war; also konnte er nicht vom Postboten gebracht worden sein; wahrscheinlich hatte der Absender ihn selbst in den Briefkasten eingeworfen.

Pia war neugierig und sah sich den Absender an. Diese Adresse kannte sie nicht. Es war die des jungen Mannes aus Kolumbien.

Sie überlegte kurz, ob sie den Brief lesen oder vielleicht doch gleich vernichten sollte. Sie entschied sich dann, Samuel noch eine Chance zu geben und ging in ihr Zimmer, um den Brief zu lesen. Sie war auch gespannt, was er ihr geschrieben hatte.

Der Brief war relativ kurzgehalten.

Zuerst entschuldigte sich Samuel bei Pia, dass er ihr überhaupt geschrieben hatte. Er wäre am Montag in der Schule gewesen, aber zu spät. Von einer ihrer Klassenkameradinnen, die noch im Klassenzimmer war und Mitleid mit ihm gehabt hätte, hatte er dann ihre Adresse erhalten.

Die Entschuldigungen gingen weiter. Es tat ihm leid, wegen der Partyeinladung, dass alles so schiefgelaufen wäre, und er auch nicht da war. Er kehrte erst am Sonntag wieder zurück.

Sie telefonisch zu erreichen, hatte er keine Möglichkeit gehabt.

Die Telefonnummer der Hausmeisterin kannte er natürlich nicht, und weder Pia noch ihre Freundin Josefine hatten ein Telefon.

Damals gab es noch keine Handys, und viele Menschen verfügten auch über kein Telefon zu Hause, keinen Festnetzanschluss.

Aber Samuel wollte Pia trotz allem unbedingt wiedersehen.

Er bat sie doch am nächsten Nachmittag, wie gewohnt, zur gleichen Uhrzeit ins Café zu kommen. Er würde warten.

Eigentlich wollte Pia nie wieder in dieses Café gehen, aber andererseits auch fair sein. Sie musste Samuel doch noch eine Chance geben.

Und er selbst hatte gute Manieren.

Er war höflich, dazu noch intelligent und gebildet.

Außerdem sah Samuel auch recht gut aus und sprach Spanisch.

Er wies insgesamt sehr viele positive Merkmale auf.

So entschloss sich Pia, ihn am nächsten Nachmittag im Café wiederzutreffen.

Ihre Freundin Josefine, mit der sie am Abend das Problem erörterte, war weniger begeistert.

Josefine meinte, dass sie sich doch nicht gleich im Café mit ihm treffen müsste.

Sie könnte ihn erst einmal warten lassen, ihm auch einen Brief schreiben, seine Adresse hatte sie ja.

Aber Pia wollte keine Verzögerungen; und Samuel hatte sich doch auch entschuldigt.

Am nächsten Nachmittag ging Pia gleich nach ihrem Unterricht in Richtung Altstadt zum Café. Samuel saß schon da und wartete auf sie.

Das beeindruckte Pia doch, sie musste ihm etwas bedeuten, wenn er noch weit vor der vereinbarten Zeit bereits auf sie wartete.

Pia ging auf ihn zu und setzte sich zu ihm. Dabei bemerkte sie, dass er ihr wohl auch ein Geschenk mitgebracht hatte, ein Buch über die Stadt Bogotá und in spanischer Sprache geschrieben.

Pia war natürlich begeistert darüber.

Nach der Begrüßung entschuldigte sich Samuel schon wieder.

Die Freundin eines Kommilitonen hatte ihm gestern gesagt, dass ein Partygast versucht hätte, zudringlich zu werden.

Daraufhin würde sie bemerkt haben, dass eine junge Frau (Pia) fluchtartig die Wohnung verließ. Das ginge natürlich gar nicht.

Er hätte inzwischen diesem jungen Mann die Freundschaft aufgekündigt.

Dann, als Pia ihn etwas genauer ansah, entdeckte sie Verletzungen an seinen Armen. Samuel bemerkte dies sofort und sagte Pia, dass er noch mehr solche Blessuren hätte.

Heute Morgen hätte es eine kleine Rauferei gegeben, natürlich mit dem Mann, der auf der Party versucht hatte, Pia anzugehen. Dieser würde aber noch wesentlich schlimmer aussehen. Jetzt konnten beide sogar wieder zusammen lachen.

Samuel entschuldigte sich aber weiter auch noch dafür, dass er am vergangenen Freitag nicht auf seiner Party war. Das dürfte normalerweise nicht passieren. Aber er hatte ein Problem und konnte nicht, wie geplant, nach Heidelberg zurückfahren.

Seine Tante wollte, obwohl sie einen Termin hatte, sich doch nicht mehr operieren lassen, als er ihr in spanischer Sprache die Risiken und auch möglichen Nebenwirkungen, die die Operation mit sich bringen könnte, aufzählte und genau erklärte. Sie bekam Angst. Dann gab es eine Auseinandersetzung mit den Angehörigen, die mitgekommen waren und unbedingt wollten, dass diese Operation durchgeführt wird, wegen der sie extra aus Bogotá nach Deutschland anreisten, und die sie auch als wichtig und einzige Möglichkeit für die Tante sahen, um doch noch gesund werden zu können.

Aber Samuel konnte nicht zustimmen.

Die Tante musste über ihr Leben selbst entscheiden.

Und diese Operation war mit großen Risiken verbunden. Es wäre möglich gewesen, dass die Tante während der Operation verstorben wäre.

Die Ärzte selber nahmen dann Abstand von dieser Operation, die sie nicht bereit waren, gegen den Willen der Patientin, durchzuführen.

Sehr wahrscheinlich würde die Tante, unter den gegebenen Umständen, zwar mit Medikamenten behandelt, aber ohne Operation, nicht mehr lange leben. Aber es hätte auch sein können, dass sie noch während der Operation verstorben wäre und sich auch nicht erholt hätte. Er meinte noch, die Entscheidung, sich operieren zu lassen oder nicht, müsste die Patientin selber treffen. Es ist ihr Leben. Diese Ansicht fand Pia vernünftig; und es tat ihr leid, dass es solche Probleme in Samuels Verwandtschaft gab.

Sie diskutierten noch sehr lange darüber.

Pia hatte Samuel eine zweite Chance gegeben.

Am frühen Abend entschuldigte sich aber dann der junge Mann schon wieder; er sagte, dass er am nächsten Vormittag eine Klausur schreiben würde, und aufgrund der Problematik mit der Verwandtschaft und seiner vorausgegangenen Reise, sich noch sehr wenig darauf vorbereitet hätte, was er jetzt kurzfristig tun müsste.

Das konnte Pia gut verstehen und nachvollziehen.

Sie wollten sich aber bereits wieder am kommenden Nachmittag treffen.

Samuel ging dann nach Hause, um zu lernen; und Pia wünschte ihm noch viel Glück für seine Klausur.

Jetzt war Pia wieder glücklich und zufrieden.

Ihre Bedenken waren zerstreut worden, und sie hatte einen wirklich sehr interessanten Nachmittag mit Samuel erlebt. So, in dieser Stimmung, ging sie auch nach Hause.

Ihre Freundin und Mitbewohnerin Josefine war erstaunt über ihre gute Laune, als sie eintraf. Sie war neugierig geworden und fragte, was denn passiert wäre, dass sie so gute Laune hätte?

Das sah doch am Morgen beim gemeinsamen Frühstück noch anders aus?

Hatte sich der junge Mann vielleicht mit einem tollen Blumenstrauß entschuldigt?

Pia lachte und verneinte.

Sie hatte überhaupt keinen Blumenstrauß bekommen, aber ein Buch.

Pia erklärte dann ihrer Freundin Josefine, was passiert war, und warum sie Samuel noch eine zweite Chance gegeben hatte. Ganz so schnell hätte das die Freundin nicht getan, sie meldete Bedenken an, aber letztendlich vielleicht dann doch.

Beim nächsten Treffen berichtete Samuel über ein interessantes Theaterstück, welches am kommenden Samstagabend in Heidelberg aufgeführt werden würde.

Er lud Pia dazu ein.

Es wäre ja auch nicht problematisch, wenn es später am Abend werden würde. Pia konnte am Sonntag ausschlafen, weil es keinen Vormittagsunterricht gab.

Pia sagte schließlich zu. Zu Hause angekommen, sah sie dann doch ein Problem.

Was sollte sie anziehen, wenn sie ins Theater gehen würde? Sie verfügte über kein Abendkleid.

Darüber diskutierte sie dann mit ihrer Freundin, die sie beruhigen konnte.

Josefine hatte schon mehrmals in Heidelberg das Theater besucht; und es war nicht mehr notwendig, wie früher üblich, in Abendkleidung, Abendkleid und Anzug, ins Theater zu gehen. Eine elegante Jeans und ein entsprechendes Oberteil waren durchaus in Ordnung.

Pia hatte die, dafür notwendige, elegante schwarze Jeans-Hose, welche auch noch perfekt passste.

Außerdem gab es dazu ein festliches Oberteil. Ihre Freundin Josefine riet ihr noch, die Sandaletten mit den Absätzen zu tragen. Pia probierte dieses Outfit an; es war perfekt.

Josefine brachte eine kleine Abendtasche, die ihre Mutter ihr einmal geschenkt hatte, damit sie auch ins Theater gehen könnte.

Sie passste gut dazu, auch farblich, und Josefine lieh sie Pia aus.

Außerdem bot sie ihr an, sie vor dem Theaterbesuch zu frisieren und zu schminken, falls sie das wollte. Pia lief fast immer ungeschminkt herum und trug ihre Haare offen, manchmal machte sie sich einen Pferdeschwanz.

Sie war nicht geschickt in dieser Hinsicht und hatte auch wenig Erfahrung damit.

Das Problem war jetzt gelöst.

Am frühen Abend, bevor sie ihr Freund abholte, frisierte Josefine dann Pia und schminkte sie. Die Frisur war gut, passste perfekt zu Pias Kleidung und wirkte sehr vorteilhaft. Aber ihr geschminktes Gesicht gefiel Pia überhaupt nicht. Sie fand, dies würde sehr künstlich wirken, nicht echt. So fühlte sie sich nicht wohl. Damit wollte sie nicht ins Theater gehen.

Deshalb wischte Josefine alles wieder weg, konnte Pia aber letztendlich dazu überreden, doch etwas Lippenstift aufzutragen.

Dann sagte Josefine ihr auch noch, dass sie nicht überrascht sein sollte, wenn manche Theatergäste in Abendkleid und Anzug kämen. Aber das müsste nicht mehr so sein, elegante Jeans und festliches Oberteil gehen; zumindest in Heidelberg.

Etwas aufgeregt war Pia jetzt schon auf dem Weg zum Theater. Das war ihr erster Theaterbesuch überhaupt, nicht nur in Heidelberg.

Pia entschied sich dazu, mit der Straßenbahn zum Theater zu fahren, weil sie in den Sandaletten, mit den doch recht hohen Absätzen, nicht so gut laufen konnte. Sie war Turnschuhe gewöhnt. Aber sie ging rechtzeitig los, so dass sie nicht zu spät kommen würde; und um die Theaterkarten musste sie sich auch nicht kümmern, Samuel hatte diese schon vorher besorgt.

Sie wollten sich am Eingang neben dem Kassenbereich treffen.

Pia erreichte das Theater pünktlich, konnte aber ihren Begleiter Samuel am vereinbarten Treffpunkt noch nicht ausfindig machen.

Pia sah sich um, die ersten Gäste gingen schon in den Theatersaal hinein.

Manche Damen trugen Abendkleider, die teilweise auch tief ausgeschnitten waren, andere eine Jeans und ein schönes Oberteil.

Bei den männlichen Besuchern war es ähnlich, es gab welche mit Jeans und andere mit elegantem Anzug, mit Krawatte, und sogar mit Fliege.

Da Pia keine Eintrittskarte hatte, konnte sie sich nicht anschließen; außerdem hätte sie sowieso auf Samuel gewartet. Normalerweise war er pünktlich.

Was war passiert?

Wie lange sollte sie warten? Die Vorstellung würde gleich anfangen. Jetzt kam Samuel doch angerannt. Sie schafften es, gerade noch rechtzeitig in den Saal zu kommen.

Die Vorstellung gefiel Pia und anscheinend auch Samuel.

Dann kam die Pause, und sie gingen ins Foyer. Jetzt nahm Pia erst richtig wahr, wie ihr Begleiter sich angezogen hatte. Er trug natürlich auch keinen Anzug, aber dieses Mal keine Jeans, sondern eine elegante Stoffhose und ein schickes Seidenhemd, und keine Turnschuhe, nein, ein paar moderne Straßensandaletten aus Wildleder.

Samuel sah gut aus.

Er betrachtete jetzt auch Pia genauer. Sie war wirklich nett zurechtgemacht.

Dann tranken sie einen Sekt zusammen. Pia nahm nur ein Glas und auch noch mit Orangensaft verdünnt; zu mehr ließ sie sich nicht überreden.

Sie wollte weiterhin einen klaren Kopf behalten.

Nach Vorstellungsende lud Samuel sie dann noch in eine kleine Bar, nicht in eine mit Zigarettenrauch angefüllte Studentenkneipe, ein.

Sie befand sich nur ganz wenige Gehminuten vom Theater entfernt. Viele Theatergäste gingen auch dorthin. Sie tranken ein Glas Sekt und auch noch ein zweites, dann wollte er Pia nach Hause bringen. Sie liefen zurück in Richtung Theater.

Zuerst war Pia erstaunt, weil die Richtung nicht stimmte. Soviel hatte Samuel nicht getrunken.

Er musste doch noch wissen, wo sie wohnte, in welche Richtung zu gehen war. Aber aus Neugier, was jetzt noch passieren würde, begleitete Pia ihn.

Hinter dem Theater in einer Seitenstraße ging er mit Pia auf ein Auto zu. Samuel öffnete die Beifahrertür und half Pia hinein. Jetzt war sie angetan.

Sie musste die lange Strecke nicht nach Hause laufen, weil um diese Zeit auch keine Straßenbahn mehr fuhr.

Pia war heilfroh, weil sie ihre, doch sehr unbequemen, Sandaletten trug.

Pia war an Turnschuhe gewöhnt, die sie aber für den Theaterbesuch nicht anziehen wollte.

Samuel fuhr Pia nach Hause, wo er auch sofort einen Parkplatz finden konnte, half ihr galant aus dem Auto heraus und begleitete sie bis zur Haustür, an der er sich von ihr verabschiedete und sich für den netten Abend bedankte.

Pia schloss die Tür auf. Er wartete noch bis sie die Tür wieder abgeschlossen hatte. Danach ging er zum Auto zurück.

Pia war jetzt etwas müde geworden und insgesamt 3 Gläser Alkohol am Abend, genauer gesagt 3 Gläser Sekt, wobei das erste noch Orangensaft enthalten hatte, waren dann doch etwas zu viel.

Pia zog sie sich gleich in ihr Zimmer zurück und legte sich schlafen.

Am Sonntagmorgen schlief sie lange.

Josefine dachte schon, dass sie krank wäre.

Aber Josefine wollte Pia trotzdem nicht aufwecken, nicht am Sonntagmorgen.

Sie war froh, als Pia dann gegen Mittag an ihre Zimmertür klopfte, nicht krank war und auch noch gute Laune hatte.

Da Josefines Freund sich auf eine Klausur vorbereiten wollte und sie sich dann am Sonntag nicht sehen würden, lud sie Pia zum Mittagessen beim Italiener ein.

Josefine war natürlich neugierig, zu erfahren, was Pia bei ihrem ersten Theaterbesuch alles erlebt hatte.

Pia fand, dass dies eine gute Idee wäre. Sie hatte mittlerweile auch etwas Hunger bekommen.

So zogen sie gemeinsam los; und Pia befriedigte die Neugier ihrer Freundin Josefine, sie erzählte ihr alles.

Natürlich bedankte sich Pia auch bei Josefine für die sehr hilfreichen Ratschläge, die sie ihr vor dem Theaterbesuch gegeben hatte und für die tolle Frisur.

Das hätte Pia alleine nicht gekonnt. Ein Friseurbesuch wäre dann notwendig geworden.

Freundin Josefine freute sich mit Pia, dass es ein sehr gelungener Theaterabend gewesen war.

Auch die guten Manieren ihres Begleiters Samuel beeindruckten sie, dass er sie bis an die Haustür gebracht hatte und dann weggegangen war. Vielleicht hätte Samuel erwartet, dass Pia ihn auf einen Kaffee einladen würde. Auf die Idee war Pia nicht gekommen.

Aber wahrscheinlich war das auch besser so. Sie sollte lieber nichts übereilt tun.

Pia verbrachte den Sonntag mit ihrer Freundin; nach dem Mittagessen machten sie, aufgrund des schönen Wetters, noch einen Spaziergang zusammen und tranken am frühen Abend Kaffee in Pias Stamm-Café in der Altstadt, wo sie sich regelmäßig mit dem jungen Südamerikaner Samuel traf.

Er war aber jetzt dort nicht zu sehen, sie waren ja auch nicht verabredet.

Am Abend bereitete sich Pia noch auf den Unterricht am Montagvormittag vor, danach ging sie zu Bett.
Als sie am Montagnachmittag, wie üblich, den jungen Mann im Café traf, bedankte sie sich für den netten Theaterabend. Ihm hatte dieser Abend auch sehr gut gefallen.

Er meinte noch, dass er so spät gekommen wäre, hätte am Auto gelegen. Er wäre normalerweise in Heidelberg nicht mit dem Auto unterwegs, und tagsüber gäbe es immer genügend Parkplätze in Theaternähe.

An dem Abend, als die Theateraufführung stattfand, war dies aber nicht der Fall. Er hatte keine Zeit für eine Parkplatzsuche eingeplant.

(Heute ist die Parkplatzsituation in Heidelberg natürlich eine andere als in den 70erJahren).

Aber schließlich hatte doch noch alles gut geklappt; und Samuel war ja auch rechtzeitig, vor Beginn der Vorstellung, gekommen, wenn auch spät. Letztendlich freute Pia sich, mit dem Auto nach Hause gebracht worden zu sein.

Mit den Sandaletten, die sie getragen hatte, wäre dies nicht ohne Probleme gewesen. Sie hätte bestimmt die Schuhe ausziehen und den größten Teil der Strecke barfuß laufen müssen. Für Turnschuhe war in der kleinen Tasche, die sie mit sich trug, kein Platz. Diese Peinlichkeit blieb ihr erspart.

Sie trafen sich weiterhin regelmäßig nachmittags in diesem Café in der Altstadt. Der Gesprächsstoff ging ihnen nie aus.

In der Woche nach dem Theaterbesuch versuchte Samuel nochmals, Pia zu einer Party zu sich nach Hause einzuladen.

Er wollte am Freitagabend eine Feier veranstalten, wegen der bestandenen Klausuren plante er mit Kommilitonen und deren Freundinnen zu feiern und wünschte sich so sehr, Pia auch dabei zu haben.

Die Party sollte schon recht früh, gegen 19:30 Uhr, anfangen.

Pia war erst nicht begeistert und überlegte kurz. Eigentlich wollte sie die Party nicht besuchen. Aber dieses Mal müsste Samuel ja auch auf seiner eigenen Feier sein, es war kein Treffen mit Verwandten außerhalb von Heidelberg geplant.

Pia fiel auch sonst kein triftiger Grund für eine mögliche Abwesenheit seinerseits ein.

Auch wollte Pia doch seine Kommilitonen kennenlernen. Von dem Freund, der versucht hatte, Pia anzugehen, trennte sich Samuel ja inzwischen.

Außerdem entschuldigte sich dieser auch noch hinterher bei ihm für sein Verhalten und meinte, dass er sich normalerweise nicht so benehmen würde, er wäre betrunken gewesen. Also diese Gefahr bestünde bestimmt nicht mehr.

Pia dachte noch weiter nach, sagte aber dann doch zu; und Samuel freute sich sehr über die zweite Party-Chance, die Pia ihm gegeben hatte.

Ganz glücklich und zufrieden war sie allerdings doch nicht mit ihrer Entscheidung. Irgendwie kamen Zweifel und Bedenken auf.

In dieser Stimmung erreichte sie ihre Wohnung.

Freundin Josefine merkte gleich, dass Pia etwas bedrückte und sprach sie darauf an. Pia wollte es ihr erst nicht erzählen, tat es dann aber doch.

Natürlich war Josefine überhaupt nicht begeistert. Sie fand es nicht gut, zu ihm nach Hause zu gehen, diese Party zu besuchen.

Aber Pia hatte Samuel eine zweite Chance gegeben und auch eine Zusage, zur Party zu kommen,
deswegen ging sie dann letztendlich auch dorthin.
Schließlich hatte der junge Mann doch gute Manieren und war höflich. Sie konnte sich nicht vorstellen, dass er etwas tun würde, was sie nicht wollte.

Deshalb entschloss Pia sich dann auch, die Partyeinladung wahrzunehmen.

Freundin Josefine meinte allerdings, dass sie die
Polizei rufen würde, wenn Pia am Samstagmittag
noch nicht zurück wäre.

Pia traf gegen 19:30 Uhr ein und läutete. Die Tür
wurde sofort geöffnet, im Flur gab es keine Lärm-
kulisse, es war keine laute Musik zu hören.

Samuel kam ihr schon auf der Treppe entgegen
und begrüßte sie herzlich, wie immer auf Spanisch,
und sagte ihr lächelnd und augenzwinkernd, dass
sie jetzt aber Deutsch sprechen müsste, da seine
Freunde kein Spanisch verstehen würden.

Er führte sie ins Wohnzimmer, wo schon zwei
Freunde mit deren Freundinnen warteten und Getränke, überwiegend nicht alkoholische, bereitstan-
den. Im Hintergrund lief in Zimmerlautstärke Musik.

Er stellte die Freunde Pia vor und meinte, dass dies
seine Kommilitonen wären, mit denen er sich auf
die Klausuren vorbereiten würde, sowie deren
Freundinnen. Nach einem kurzen Gespräch traf die
bestellte Pizza auch schon ein. Sie aßen zusammen und unterhielten sich. Die jungen Männer erzählten über ihr Studium, und danach berichtete
eine der jungen Frauen über ihre letzte Urlaubs-
reise.

Allerdings war sie weder in Spanien noch in Südamerika gewesen. Es war trotzdem interessant zuzuhören. Nach einer guten Stunde, so gegen 21:00 Uhr, verabschiedeten sich die beiden Pärchen. Samuel meinte, dass es doch noch so früh am Abend wäre, und sie ausgehen könnten.

Pia stimmte zu, und sie verließen die Wohnung, welche ohnehin inmitten der Altstadt lag. Sie hatten bald eine Kneipe gefunden, die auch Pia gefiel; dort tranken sie dann Wein; erst jeder ein Glas Weißwein; danach probierten sie den Rotwein.

Zwei Gläser Wein wäre eigentlich schon genug für Pia gewesen, normalerweise hätte sie dann auch damit aufgehört, Alkohol zu trinken. Aber danach wollte Pia doch noch in die kleine Bar in Theaternähe, die sie am Wochenende zuvor aufgesucht hatten.

Pia war einfach guter Stimmung und auch beruhigt, dass der junge Mann doch ganz passable Freunde besaß, die sie auf der Party kennenlernte, und dazu sehr froh, ihm eine zweite Chance gegeben zu haben. Außerdem machte es ihr Spaß, etwas zusammen mit Samuel zu unternehmen.

Samuel gefiel ihr auch ganz gut. Vielleicht war sie doch in ihn verliebt, wie Josefine meinte. Er hatte gute Manieren, war höflich, klug und gebildet, und seine Interessen entsprachen auch den ihren, was wollte Pia mehr.

In der kleinen Bar tranken sie Sekt. Pia wollte es zuerst bei einem Glas belassen. Aber dann trank sie doch noch ein zweites.

Daraufhin wurde sie müde und bekam Kopf-schmerzen. Samuel meinte, dass seine Wohnung doch um die Ecke wäre.

Pia könnte sich auf dem Sofa etwas ausruhen.

Sie merkte selbst, dass sie den Nachhauseweg in dieser Verfassung nicht schaffen würde. Also stimmte sie zu und ging mit in seine Wohnung.

Sie legte sich auf das Sofa im Wohnzimmer. Pia wollte sich eigentlich nur kurz ausruhen, schlief aber bald fest ein. Als sie wieder aufwachte, war es bereits später Vormittag.

Aber sie hatte sich gut erholen können, auch die Kopfschmerzen waren jetzt weg. Es roch ange-nehm nach Kaffee.

Auf dem Wohnzimmertisch neben dem Sofa, auf dem sie geschlafen hatte, entdeckte Pia eine alte Glocke, daneben ein Blatt, worauf nur zwei Worte standen: „Bitte läuten."

Pia musste lachen; fand das Ganze aber nicht nur originell, sondern auch rücksichtsvoll. Sie sollte sich ungestört ausschlafen und läuten, wenn sie wach wäre.

Pia läutete. Kurz darauf kam Samuel mit einem Tablett, auf dem sich Kaffee, Kuchen, Orangensaft, frische Brötchen, Wurst und Käse, befanden.

Samuel stellte alles auf dem Wohnzimmertisch ne-ben Pia ab. Sie freute sich über das Frühstück am Bett, das hatte sie lange nicht mehr gehabt.

Pia fühlte sich richtig wohl und war ganz zufrieden

und glücklich und vielleicht doch auch noch in den jungen Mann verliebt. Aus dieser Stimmung heraus gab Pia Samuel einen Kuss.

Pia gefiel Samuel bestimmt auch gut, und wahrscheinlich war er in sie verliebt. Auf jeden Fall küsste Samuel zurück; und das Liebesspiel begann.

Gegen Mittag, als sie sich genügend vergnügt hatten, meinte Pia, dass sie nun doch nach Hause gehen müsste.

Irgendwie saß ihr die Angst im Nacken, weil ihre Freundin Josefine ihr gesagt hatte, wenn sie mittags nicht zurück wäre, würde sie die Polizei rufen; und sie versuchte, Ärger und Schwierigkeiten für Samuel zu vermeiden.

Er wollte eigentlich noch mit Pia Mittagessen gehen. Das Frühstück stand unberührt auf dem Tisch, und der Kaffee war mittlerweile kalt geworden.

Aber als dann ein Freund anrief und Samuel fragte, wo er denn bleiben würde, weil er mit ihm zum Tennisspielen verabredet gewesen war, beschlossen beide, dass Pia nach Hause, und er Tennisspielen, geht.

Am Abend wollte Pia dann wieder bei ihm sein.

Aber jetzt begab sich Pia erst einmal zurück in ihre kleine Wohnung, die sie mit Freundin Josefine teilte. Sie beeilte sich. Die Freundin war zu Hause.

Sie hatte nicht die Polizei gerufen, war aber schon besorgt.

Josefine meinte, sie hätte nach ihr gesucht, wenn sie am Nachmittag auch noch nicht dagewesen wäre.

Josefine freute sich jedoch, als sie sah, dass es Pia gut ging und sie einen glücklichen, sogar verliebten, Eindruck machte.

Jetzt lud Pia ihre Freundin Josefine zum Essen ein, zu dem Italiener um die Ecke, und erzählte ihr alles.

Danach gingen sie wieder nach Hause. Josefine wurde von ihrem Freund abgeholt, sie hatten einen Kinobesuch geplant. Pia blieb noch eine Weile in der Wohnung und bereitete sich auf den Montagsunterricht vor.

Dann ging sie zu ihrem neuen Freund Samuel.

Er war zu Hause und sehr glücklich.

Jetzt zeigte er ihr auch seine Wohnung, die nicht nur groß, sondern auch schön und geschmackvoll eingerichtet war. Es gab einen Balkon mit einer herrlichen Aussicht.

Pia dachte zuerst, dass er sich die Wohnung mit Freunden teilen würde, er studierte ja noch. Aber das war nicht der Fall.

Am Montagmorgen kehrte sie kurz nach Hause zurück und holte ihre Bücher und Hefte, die sie für den Unterricht benötigte.

Dann besuchte sie den Unterricht in der Sprachenschule. Nach dem Vorbereitungskurs ging sie wieder zu ihrem neuen Freund Samuel.

Sie trafen sich jetzt nicht mehr im Café, sondern in seiner Wohnung.

Sie übernachtete auch dort.

Am Morgen aber war sie im Vorbereitungskurs in der Sprachenschule.

Zu Hause, in ihrer Wohnung, die sie mit Freundin Josefine teilte, tauchte sie jedenfalls nicht auf.

Die Freundin hatte Pia nun eine ganze Weile nicht mehr gesehen, die Mutter rief Pia auch nicht an, was sie schon längst hätte tun wollen, weil sie sich ja mit ihr zusammen um die Zukunft des Hofes ihrer verstorbenen Großmutter Hildburg kümmern sollte. Diesen Hof würde Pia schließlich auch irgendwann einmal erben.

Josefine vermisste Pia jetzt doch. Anfangs war sie nicht begeistert, dass Pia ihre Zeit fast immer zu Hause in der kleinen Wohnung in ihrem Zimmer verbrachte. Nicht weil sie sie gestört hätte; nein, das war nicht der Fall.

Josefine meinte, dass eine junge Frau auch einmal ausgehen müsste und das Leben genießen, nicht immer zu Hause sitzen könnte und lernen. Aber jetzt war Pia gar nicht mehr zu Hause.

Dann 3 Tage vor Ende des dritten Schulhalbjahres erschien Pia plötzlich und unerwartet. Sie war in ihrem Zimmer und packte. Als Freundin Josefine das bemerkte, erschrak sie zuerst.

Aber Pia lachte und erklärte ihr, dass das nicht so wäre, wie es aussehen würde. Sie wollte nicht ausziehen.

Aber ganz bestimmt in 3 Tagen, zum Ferienbeginn, mit ihrem neuen Freund, ihrer großen Liebe, nach Südamerika reisen, und sie würde noch ein paar Sachen, die in ihrem Zimmer wären, mitnehmen.

Josefine war erst einmal beruhigt, dachte dann aber, dass sie Pias Freund doch kennenlernen müsste. Sie hatte ihn noch nie gesehen, nie mit ihm gesprochen.

Sie kannte Samuel nur aus den Erzählungen Pias; und Pia war doch noch sehr jung und unbedarft.

Pia selbst schlug ihr vor, sie doch einmal besuchen zu kommen. Sie schrieb ihr den genauen Namen und die Anschrift ihres neuen Freundes auf.

Sie meinte noch, wenn sie das vor ihrer Südamerikareise machen wollte, müsste sie sich beeilen; weil sie schon am ersten freien Tag weg wären. Sie würden morgens abfliegen.

Freundin Josefine antwortete, dass sie das wahrscheinlich nicht mehr schaffen könnte; aber sie würde sie auf jeden Fall nach den Ferien, nach der Südamerikareise, besuchen.

Pia sagte ihr noch, dass sie spätestens am ersten Schultag, des vierten und letzten Schulhalbjahres vor der Prüfung, wieder da wäre.

Sie umarmten sich; und Freundin Josefine wünschte Pia einen schönen Urlaub in Südamerika; dann trennten sie sich.

Josefine wollte dieses Mal in den Ferien keinen Urlaub machen, sondern zu Hause bleiben.

Nach den Ferien würde das letzte Halbjahr vor der Prüfung beginnen, und sie musste lernen, um die Prüfung bestehen zu können. Für sie gab es einigen Stoff nachzuarbeiten.

Sie war nämlich nicht so fleißig wie Pia gewesen.

Josefine hatte den Unterricht nicht regelmäßig besucht und auch nicht immer die Hausaufgaben gemacht.

Das vierte und letzte Halbjahr des Vorbereitungskurses in der Sprachenschule hatte begonnen. Die Ferien waren vorbei.

Josefine ging wieder in die Sprachenschule und besuchte jetzt auch den Unterricht regelmäßig und erledigte ihre Hausaufgaben.

Nach der ersten Woche kam eine Mitschülerin Pias vorbei und fragte Josefine, ob sie wüsste, wo Pia wäre.

Freundin Josefine wusste es nicht.

Sie war in der ersten Schulwoche noch nicht dagewesen und hatte sich auch nicht entschuldigt.

Zuerst dachte sie, dass sich vielleicht die Rückkehr aus Südamerika verzögern würde, und sie etwas später kommen könnte. Aber Pias Art wiederum war es nicht, unentschuldigt zu fehlen. Josefine konnte nicht verstehen, dass Pia nicht pünktlich zurückkam, weil sie doch unbedingt die Übersetzerprüfung mit guten Noten abschließen wollte, und dies das letzte Halbjahr vor der Prüfung war.

Außerdem hatte Pia ihr 3 Tage vor Antritt ihrer Südamerikareise noch gesagt, dass sie zu Beginn des letzten Schulhalbjahres wieder zurück wäre.

Mittlerweile war sie schon zwei Wochen überfällig. Ihre Freundin machte sich jetzt Sorgen. Dann rief auch noch Pias Mutter bei der Hausmeisterin an.

Sie müsste Pia unbedingt und dringend sprechen, sie sollte doch bitte Pia ans Telefon holen. Sie würde in 20 Minuten nochmals anrufen. Die Hausmeisterin suchte nach Pia, fand aber nur ihre Freundin Josefine in der Wohnung vor; diese erklärte sich bereit, mitzukommen und mit Pias Mutter zu telefonieren.

Vielleicht konnte sie mit ihrer Hilfe herausfinden, wo Pia ist. Aber das war nicht der Fall. Die Mutter kannte Pias Aufenthaltsort nicht.

Sie wollte ihre Tochter sprechen, weil diese sich so viele Wochen lang überhaupt nicht gemeldet hatte.

Dabei war ausgemacht, und Pia hatte es ihr auch versprochen, dass sie zumindest in den Ferien vorbeikommen würde. Aber Pia erschien nicht und meldete sich auch nicht telefonisch.

So kam Josefine nicht weiter. Sie hatte immer noch keine Idee, wo Pia sich aufhalten könnte, und warum sie bis jetzt nicht zurückgekommen war. Aber da gab es ja den Zettel mit Namen und Anschrift von Pias neuem Freund Samuel; vielleicht wusste er, wo Pia ist.

Also ging sie dorthin.

Sie fand die Straße und auch das Haus, aber kein Klingelschild auf welchem diese Namensbezeichnung stand.

Seit Schulbeginn waren mittlerweile 4 Wochen verstrichen.

Pias Freundin Josefine machte sich jetzt ernsthafte Sorgen um sie, hatte ein mulmiges Gefühl und überlegte, welche Schritte sie unternehmen könnte, um Pia zu finden.

Die Sprachenschule hatte Pias Mutter kontaktiert, um sich zu informieren, wann und ob sie den Schulbesuch fortsetzen wollte.

Deshalb rief Pias Mutter Cecilia nochmals an. Freundin Josefine erklärte ihr jetzt die Situation. Die Mutter war sehr überrascht und konnte sich gar nicht vorstellen, dass Pia einen Freund hatte.

Aber sie verstand auch nicht, dass Pia mehr als 4 Wochen die Schule schwänzt und nicht nach Hause kommt, wie versprochen. Sie wollte zur Polizei gehen und Pia suchen lassen.

Zwei Wochen später rief Pias Mutter wieder an. Sie sagte, dass sie leider, Pia betreffend, noch nichts erreicht hätte. Die Polizei wollte Pia nicht suchen. Sie meinte, dass Pia volljährig wäre und sich aufhalten könnte, wo sie wollte, auch gegen den Willen ihrer Mutter, in Südamerika; und es läge keine Straftat und auch kein Hinweis darauf vor. Sie war sehr enttäuscht. Damit hatte sie nicht gerechnet, sondern Hilfe erwartet.

Dann tauchte jedoch wieder ein Hoffnungsschimmer auf.

Cecilia erhielt eine Postkarte, wie sie meinte, aus Südamerika. Es war eine Landschaft zu sehen, die sie aber nicht zuordnen konnte, sie könnte sich in Südamerika, in Kolumbien, befinden . Ein Text in Druckbuchstaben in spanischer Sprache befand sich auch auf dieser Karte. Aber die Unterschrift war durch einen Poststempel größtenteils verdeckt, sie konnte sie nicht deutlich erkennen. Sie gestand sich ein, dass diese Teile der Unterschrift und die Druckbuchstaben nicht nach Pias Handschrift aussahen. Den Text konnte sie natürlich auch nicht verstehen.

Aber trotzdem: Vielleicht hatten ja der Freund von Pia oder dessen Verwandte versucht, eine Nachricht an sie zu senden. Eventuell hatten sie ihr mitteilen wollen, dass Pia krank geworden ist und etwas später wieder zurück in Deutschland wäre, oder dass sie einen Unfall gehabt hätte und sich noch erholen müsste. Auf jeden Fall freute sich Cecilia, weil sie meinte, eine Nachricht, Pia betreffend, erhalten zu haben.

Jetzt musste sie schnell in Erfahrung bringen, was auf der Postkarte stand, jemanden finden, der ihr diesen Text übersetzen würde. Sie wandte sich zuerst an Josefine, die ihr aber erst einmal nicht helfen konnte, weil sie kein Spanisch verstand. Sie hatte andere Sprachen gewählt. Josefine freute sich aber auch und glaubte, nun eine ernsthafte Spur von Pia gefunden zu haben.

Sie bot Cecilia an, in die Sprachenschule zu Pias früheren Mitschülerinnen und der netten Klassenlehrerin zu gehen, die ihr sicherlich diesen Text gerne übersetzen würden.

Cecilia fand den Vorschlag gut und bedankte sich dafür.

Um diese Aktion nicht in die Länge zu ziehen und möglichst schnell ein Ergebnis zu erhalten, schlug Josefine vor, dass Cecilia ihr den Text auf der Karte umgehend per Fax zukommen lässt. Sie gab ihr die Fax-Nummer der Hausmeisterin, die sie parat hatte, weil das Faxgerät direkt neben dem Telefon stand und die Nummer auf einem Aufkleber, der sich seitlich befand, geschrieben war.

Cecilia suchte sofort das nächstgelegene Postamt auf und sandte das Fax. Die Tochter der Hausmeisterin kam noch am späteren Abend bei Josefine vorbei und brachte ihr das Fax. Gleich am nächsten Morgen suchte dann Josefine zuerst das frühere Klassenzimmer von Pia auf.

Die Lehrerin war schon da und übersetzte den mitgebrachten Kartentext sofort. Sie war natürlich auch neugierig, ob dadurch vielleicht doch herausgefunden werden könnte, wo Pia sich im Moment aufhalten würde.

Sie machte aber Josefine gleich darauf aufmerksam, dass die Landschaft auf der Karte eher den Kanarischen Inseln zugeordnet werden könnte, nicht nach Südamerika aussehen würde, auch der Poststempel dürfte auf die Kanarischen Inseln hinweisen. Aber der Text brachte dann Klarheit, löste das Rätsel auf.

Die Karte kam nicht aus Südamerika, sondern wirklich von den Kanarischen Inseln, genauer gesagt aus Gran Canaria. Es gab auch leider keinen Hinweis auf Pias Verbleib.

Mit Hilfe von Josefines Hintergrundwissen, konnte herausgefunden werden, dass diese Karte von einer alten, früheren Schulfreundin Pias, mit der sie zusammen ihre Abiturprüfung machte, stammte.

Sie war zwar an Cecilia gerichtet. Aber wohl nur deshalb, weil diese Freundin keine aktuelle Adresse von Pia hatte und auch noch nicht wusste, dass Pia verschollen war. Sie bat Cecilia, die Postkarte an Pia weiterzureichen und erzählte über ihren Urlaub auf den Kanarischen Inseln.

Natürlich waren alle sehr enttäuscht.

Auch Cecilia, die von Josefine sofort darüber informiert wurde, sie teilte ihr den übersetzen Text telefonisch mit.

Aber Cecilia musste unbedingt, auch ohne Hilfe der Polizei, herausfinden, wo Pia ist, oder was mit ihr passiert war, vielleicht hatte es einen Unfall in Südamerika gegeben, oder sie wird von ihrem Freund dort gegen ihren Willen festgehalten. Deshalb entschloss sie sich dazu, einen Detektiv mit der Suche nach Pia zu beauftragen.

Er würde in den nächsten Tagen vorbeikommen.

Josefine sollte ihm doch bitte Pias Zimmer zeigen und auch seine Fragen beantworten.

Mutter Cecilia war beunruhigt. Sie konnte es sich nicht vorstellen, dass Pia einfach so verschwunden ist.

Josefine fand es gut, dass sie einen Detektiv eingeschaltet hatte und versprach ihr, ihn, mit allen ihr zur Verfügung stehenden Mitteln, zu unterstützen.

Der Detektiv erschien noch in der gleichen Woche. Er wollte Pias Zimmer sehen. Die Freundin hatte keinen Zweitschlüssel, und die Tür war verschlossen.

Aber dem Detektiv war es sogar möglich, das Schloss zu knacken. Es musste kein Schlosser geholt werden. Das Zimmer war nicht leer.

Auf dem Tisch lagen Hefte und Schulbücher, auf dem Sofa befand sich Pias Lieblingsbuch über Südamerika. Auch Schuhe und Kleidungsstücke waren im Zimmer. Es sah nicht so aus, als ob sie ausgezogen wäre und nicht mehr zurückkommen wollte.

Der Detektiv öffnete die Schubladen des Schminktisches. Darin fand er ein kleines Heft mit mehreren Adressen, welches er zusammen mit Josefine in Augenschein nahm. Er fragte sie, ob ihr die Anschriften bekannt wären.

Das waren sie bis auf eine in Südamerika mit dem Nachnamen von Pias Freund Samuel, der Vorname stimmte nicht überein.

Sie sagte dies dem Detektiv. Der meinte, das könnte vielleicht die Anschrift von Samuels Eltern sein.

Die anderen Adressen hätten nicht weiterhelfen können, weil es die von Mitschülerinnen und Verwandten waren, die auch nicht wussten, wo Pia ist.

Dann gab ihm Josefine noch den Zettel, den sie von Pia erhalten hatte, mit Namen und Anschrift ihres Freundes Samuel in Heidelberg.

Sie meinte aber, dass sie bereits dort gewesen wäre.

Straße und Hausnummer seien vorhanden, aber auf keinem der Klingelschilder würde der Name von Pias Freund stehen.

Der Detektiv schrieb sich den Namen und die Anschrift ab.

Dann lag da noch ein Foto von einem jungen Mann herum, auf der Rückseite stand Samuel.

Dieses Foto nahm der Detektiv mit. Danach stellte er Josefine ein paar Fragen, was Pias Verschwinden betraf.

Bevor er ging, gab er ihr seine Visitenkarte, falls ihr noch etwas Wichtiges einfallen würde.

Nach zwei Wochen rief Josefine den Detektiv an. Vielleicht hatte er etwas herausgefunden.

Er meinte, dass er ihr dies nicht mitteilen dürfte, dass sie sich an Pias Mutter wenden müsste.

Aber schließlich gelang es ihr doch herauszubekommen, dass Pia bis jetzt nicht gefunden werden konnte.

Es waren mehrere Monate vergangen.

Pias Mutter rief wieder an. Dieses Telefonat dauerte sehr lange.

Sie erklärte Pias Freundin Josefine, dass Pia nicht gefunden werden konnte.

Das wusste sie ja schon.

Aber sie interessierte sich für die Einzelheiten, die Nachforschungen, welche der Detektiv angestellt hatte, und natürlich auch die Ermittlungen der Polizei, die mittlerweile den Vermisstenfall Pia X. doch bearbeitete.

Der, von Pias Mutter beauftragte, Detektiv konnte die Polizei davon überzeugen, tätig zu werden.

Pias Mutter erklärte Josefine weiter, dass der Detektiv in Bogotá einen Kollegen losgeschickt hätte.

Er sollte zu der bekannten Südamerika-Adresse, mit einer Fax-Kopie vom Foto des jungen Mannes, welches in Pias Zimmer gefunden wurde, gehen. Die Anschrift gab es; aber dort wohnte niemand mit diesem Namen; einen jungen Mann, wie auf dem gesandten Foto, kannte keiner. An der, von Pia an ihre Freundin gegebenen, Anschrift in Heidelberg, hatte ein Mann mit ähnlichem Namen gewohnt. Aber die Wohnung war gekündigt worden, und es gab einen Nachmieter, der während der damaligen Schulferienzeit eingezogen war.

Dieser kannte den Vormieter (Pias Freund Samuel) kaum.

Der Nachmieter hatte ihn nur einmal persönlich gesehen, als er sich für die Wohnung interessierte und diese besichtigte.

Der Kontakt war über eine Anzeige im Wohnungsteil des Heidelberger Tageblatts erfolgt.

Die weiteren, mit der Vermietung verbundenen, Formalitäten, wurden per Telefon und schriftlich erledigt. Die Schlüsselübergabe machte der Hausmeister.

Deshalb konnte er auch keine deutliche Personen-beschreibung geben, lediglich glaubte er, sich daran erinnern zu können, dass der Vormieter über ein südländisches Aussehen und einen spanischen Akzent verfügte.

Dem Hausmeister war der junge Mann nicht aufgefallen. Er wusste aber noch, dass es ein paar Mal Beschwerden, wegen Lärmbelästigung, gegeben hatte. Wie der junge Mann aussah, und ob er mit Akzent sprach, daran konnte er sich nicht erinnern.

Die Aussagen des Vermieters waren noch weniger hilfreich, obwohl er wirklich helfen wollte. Er hatte den jungen Mann überhaupt nicht gesehen und auch nicht mit ihm gesprochen. Er war ihm vom Mieter davor, den er persönlich kannte, wärmstens empfohlen worden.

Es wurden Unterlagen an ihn gesandt, mit einem Gehaltsnachweis versehen, von einem Studenten war nie die Rede.

Aufgrund dieser Papiere erklärte er sich mit dem Nachmieter einverstanden und fertigte den Mietvertrag aus, welchen er unterschrieben an den Vormieter sandte, der ihn dann an den Nachmieter weitergeben sollte.

Diese Aktion muss geklappt haben, da er den, vom neuen Mieter unterschriebenen, Vertrag per Post erhielt. Die vereinbarte Kaution wurde ihm auch per Einschreiben zugestellt.

Die Papiere, Gehaltsnachweis, Ausweiskopie und unterschriebener Mietvertrag, hatte er noch. Er reichte sie freiwillig und problemlos an die Polizei weiter.

Er war bereit, jede mögliche Unterstützung zu geben, damit der Vermisstenfall Pia X. möglichst schnell aufgeklärt werden kann.

Leider wurde, nach Prüfung dieser Papiere durch die Behörden, festgestellt, dass sie allesamt gefälscht waren.

Die polizeilichen Ermittler sahen doch noch eine Chance und zwar, den Vormieter, welcher den jungen Mann, Pias Freund Samuel, dem Vermieter empfohlen hatte, zu befragen.

Dessen neue Anschrift konnte leicht ausfindig gemacht werden.

Der Vermieter hatte sie erhalten, nachdem er ausgezogen war, um ihm seine hinterlegte Kaution ordnungsgemäß zurückzahlen zu können, was er auch tat.

Der Vermieter gab diese Daten an die Ermittler weiter. Sie waren nicht gefälscht. Aber dieser Mann war mittlerweile bei einem Autounfall ums Leben gekommen.

Seine Partnerin, die noch an der genannten Anschrift lebte, konnte nicht weiterhelfen, weil sie ihn erst kennenlernte, als er schon nicht mehr in Heidelberg wohnte. Seine früheren Nachbarn waren ihr unbekannt. Damit hatte auch niemand gerechnet.

Anhand des vorliegenden Fotos konnte keiner der Befragten irgendjemanden sicher identifizieren. Es gab nur vage Vermutungen. Die Nachbarn kannten ihn auch nicht näher.

Ein junger Mann, mit ähnlichem Namen, hatte sich ordnungsgemäß beim Einwohnermeldeamt an- und abgemeldet.

Allerdings stammte dieser nicht aus Kolumbien, sondern aus Honduras.

Nach genauer polizeilicher Überprüfung der gemachten Angaben, musste zudem noch festgestellt werden, dass diese falsch waren.

Die Informationen, welche von Seiten der Universität eintrafen, trugen auch zu keiner Lösung bei. Kein Student mit dem genannten Namen war dort im fraglichen Zeitraum registriert worden.

Abschließend meinte Cecilia, dass sie inzwischen keine Hoffnung mehr hätte, Pia zu finden.

Deshalb sollte Josefine auch eine Nachmieterin für Pias Zimmer suchen.

Die Möbel und andere Dinge, die sich noch darin befänden, würde sie ihr schenken.

Die polizeilichen Ermittlungen führten ins Leere.

Der Detektiv kam auch nicht weiter.

Pia ist nicht wieder aufgetaucht.

Sie hat sich nicht mehr bei ihrer Freundin Josefine gemeldet; und auch nicht ihre Mutter, ihren Bruder oder andere Verwandte, die ihr doch sehr nahestanden, kontaktiert.

Wenn sie einen Unfall gehabt hätte, wäre bestimmt ihre Mutter informiert worden.

Dass sie einfach so verschwunden ist, ohne Personen, die ihr nahestanden, zu informieren, glauben diese nicht.

Ein Verschwinden ist auch nicht zu verstehen, weil Pia unbedingt die Übersetzerprüfung ablegen wollte.

Warum sollte sie einfach weggehen, wenn nur noch ein Halbjahr aussteht; danach hätte sie die Prüfung machen können; und sie war eine gute Schülerin und wirklich sehr fleißig. Pia war weder krank noch depressiv. Ob der junge Mann, Pias Freund Samuel, wirklich etwas mit Pias Verschwinden zu tun hat, konnte auch nicht sicher festgestellt werden.

Es ist zwar merkwürdig, dass kein Student unter dem Namen des jungen Mannes im fraglichen Zeitraum an der Universität in Heidelberg eingeschrieben war.

Aber vielleicht sagte er nur, dass er Betriebswirtschaft studieren würde, um Pia zu beeindrucken. Auch, ob er wirklich Südamerikaner ist, konnte letztendlich nicht genau geklärt werden; er könnte auch Spanier sein. Die Befragungen ergaben lediglich, dass der junge Mann ein südländischer Typ und spanischsprachig ist.

Es konnte noch nicht einmal mit Sicherheit gesagt werden, ob er wirklich etwas mit Pias Verschwinden zu tun hat. Es wurde lediglich festgestellt, dass für den Zeitraum, ein Tag (wo sie am Vormittag ja noch in der Schule war) vor dem Schulferienbeginn und während der Ferien, kein Flug nach Südamerika auf den Namen von Pia oder ihres Freundes, mit der Namensbezeichnung, die sie Freundin Josefine vor ihrem Verschwinden aufschrieb, von einem deutschen Flughafen aus gebucht worden war.

Deshalb kann auch nicht davon ausgegangen werden, dass Pia mit ihrem Freund Samuel nach Südamerika verschwand und dort festgehalten wird oder umgebracht wurde, was ihre Mutter anfangs glaubte.

Es ist sehr gut möglich, dass Pia gar nicht nach Südamerika reiste.

Was noch nachdenklich macht, dass der junge Mann einen Nachmieter für seine Wohnung in Heidelberg hatte, der während der Schulferien in die Wohnung einzog. Man könnte denken, dass er mit Pia nach Südamerika verschwinden und nicht mehr zurückkommen wollte.

Aber es konnte auch nicht mit Sicherheit gesagt werden, dass Pia, der junge Mann, oder beide zusammen, überhaupt nach Südamerika gegangen sind.

Vielleicht hat der junge Mann, mit oder ohne Pia, Heidelberg auch aus einem anderen Grund verlassen.

Was Anlass zur Sorge gibt, all seine Papiere waren gefälscht. Ist der junge Mann vielleicht ein Verbrecher oder sogar ein Entführer?

Sich mit gefälschten Papieren auszuweisen ist eine Straftat. Aber hat er Pia entführt?

Jedenfalls kann mit Sicherheit gesagt werden, dass nie eine Lösegeldforderung erfolgte, obwohl Pias Mutter vermögend ist.

Das alles ist rein spekulativ.

Als Pia das letzte Mal in ihrer gemieteten Wohnung gesehen worden war, packte sie ein paar Sachen zusammen und sagte ihrer Freundin Josefine, dass sie mit Beginn der Schulferien mit ihrem neuen Freund Samuel nach Südamerika fliegen würde und bei Schulbeginn wieder zurück wäre.

Sie nahm ihren Schlüsselbund mit.

Dann besuchte sie noch jeden Tag vor Ferienbeginn den Vormittagsunterricht in der Sprachschule.

Das sind die letzten Spuren von Pia X.

Was danach wirklich passiert ist, wohin Pia nach ihrem letzten Schultag ging, konnte nicht in Erfahrung gebracht werden.

Bei einer Vermisstenangelegenheit, die nicht aufgeklärt worden ist, wird die Personenfahndung spätestens nach 30 Jahren wieder eingestellt.

Glücklicherweise tauchen aber 50% der vermisst gemeldeten Personen schon nach einer Woche wieder auf, nur 3 % sind auch nach einem Jahr noch nicht auffindbar.

Als vermisst gelten für die Polizei bereits Personen, wenn sie ihren gewohnten Lebenskreis verlassen haben. Intensiv und schnell wird gesucht im Fall von Menschen, für die unmittelbare Gefahr für Leib oder Leben besteht, z.B. bei Selbstmorddrohung, oder bei vermissten Kindern. Immerhin werden täglich 200 bis 300 Deutsche als vermisst gemeldet.

Pia ist immer noch verschwunden.

Alle Versuche der Polizei im In- und Ausland, Pias Aufenthaltsort ausfindig zu machen, waren erfolglos. Und die Suche ihrer Familie mit Hilfe von Privatdetektiven, auch unter Einschaltung von Kollegen im Ausland, brachte keinen Erfolg.

Pia selbst hat sich nie gemeldet.

Ihre Leiche wurde allerdings auch nicht gefunden.

Es besteht nur die unbefriedigende Gewissheit, dass Pia immer noch verschollen ist.

Vielleicht ist sie tot, wurde Opfer einer Straftat, oder lebt noch irgendwo und will nicht gefunden werden. Letzteres glaubt aber niemand, der ihr nahestand, weder ihre Verwandten, noch ihre gute (alte) Freundin Josefine.

Dieser Fall wird wohl nicht mehr gelöst werden können.

Aber Josefine zog für sich die Konsequenzen. Nach reiflicher Überlegung brach sie ihre Sprachenausbildung ab, weil ihr bewusst geworden war, dass diese doch nicht auf ihren Traumberuf abzielte, sie in Wirklichkeit etwas ganz anderes tun wollte, sich auch nicht vorstellen konnte, für längere Zeit im Bereich Sprachen arbeiten zu können.

Es war ihr ein Bedürfnis, anderen zu helfen; dadurch bekam sie selbst auch ein Gefühl der Zufriedenheit.

Deshalb entschied sie sich, ein Psychologiestudium zu beginnen.

Auch in dieser Großstadt und in der kleinen Wohnung, wo sie mit Pia so viele Stunden verbracht hatte, wollte sie nicht mehr länger bleiben. Sie wünschte sich einen kompletten Neuanfang, mit einer anderen Ausbildung und einem Leben woanders.

Da sie noch jung und lebenslustig, neugierig auf die Welt und Menschen, war, entschloss sie sich in die Geburtsstadt ihres Vaters, wo auch noch Verwandte von ihr lebten, zu ziehen.

Dies war eine Herausforderung für sie.

Sie begann ein Psychologie-Studium dort. Schnell lebte sie sich ein. Ihr gefielen die Leute, und sie kam auch wieder in engeren Kontakt mit ihrer Lieblingskusine, Gitta. Diese studierte noch Medizin und wollte Kinderärztin werden.

Das Psychologie-Studium war ein einziges Erfolgserlebnis für Josefine.

Dazu kam noch der Kontakt mit Pias Mutter, der immer enger wurde. Zuerst telefonierten sie wegen vieler Dinge, die, aufgrund von Pias Verschwinden, geklärt und erledigt werden mussten.

Danach schrieben sie sich Briefe und versuchten Trost zu finden, weil Pia doch verschwunden war und nicht gefunden werden konnte.

Dann besuchte Pias Mutter Josefine; beide lenkten sich ab, verstanden sich gut und unternahmen viel zusammen.

Josefine war wie eine zweite Tochter für sie geworden.

Josefine schloss ihr Psychologie-Studium ab. Nachdem sie auch praktische Erfahrungen in diesem Bereich gesammelt hatte, durch ehrenamtliche Tätigkeiten im Altenheim und Krankenhaus, war ihr bewusst geworden, dass sie nun ihren Traumberuf gefunden hatte und auch ihre Berufung.

Schon bei ihrer Tätigkeit im Krankenhaus, und später auch im Hospiz, spezialisierte sie sich auf Trauerarbeit. Das war was sie wollte, anderen Menschen helfen, sie unterstützen.

Sie half ihnen bei Problemen, wenn sie Angehörige oder Freunde verloren hatten, machte ihnen Mut. Und das konnte sie richtig gut. Sie bekam so viele positive Rückmeldungen, manchmal auch kleine Geschenke, wie Pralinen, oder selbstgebackenen Kuchen, und Essenseinladungen. Die Leute waren ihr so dankbar. Das erfüllte sie und machte sie auch glücklich. Sie ging in ihrer Arbeit auf. Und hatte auch noch Glück dabei. Einer älteren Dame konnte sie gut weiterhelfen. Diese hatte starke Depressionen nach dem Tod ihres Mannes bekommen und wollte eigentlich gar nicht mehr alleine weiterleben. Aber Josefine zeigte ihr, wie schön das Leben doch auch noch im Alter sein kann. Da diese Dame vermögend war und auch mehrere Häuser besaß, vermietete sie Josefine eine Erdgeschoßwohnung, zentral gelegen und zu einem wirklich günstigen Preis.

Josefine konnte so ihre erste Praxis einrichten.

Sie tat sich dann mit einem Studienkollegen zusammen, den sie anfangs nur sympathisch fand, aber durch die gemeinsame Einrichtung der Praxis kamen sie sich dann doch näher, und es blieb nicht nur beim Fachsimpeln und Erfahrungsaustausch.

Sie verliebten sich. Das gab Josefine noch mehr Auftrieb, nun hatte sie nicht nur ihren Traumjob, sondern auch noch ihren Traummann, gefunden. Damit hätte sie nie gerechnet.

Das Einzige was sie anfangs wollte, war Pia vergessen und auch Schuldgefühle abbauen, wenn sie sich doch mehr Zeit genommen hätte und Pias Freund vor der Südamerikareise noch kennengelernt hätte, wäre dies wahrscheinlich alles so nicht passiert.

Vielleicht wäre es ihr möglich gewesen, diesen jungen Mann richtig einzuschätzen, Negatives zu sehen und Pia mit vernünftigen Argumenten von der Südamerikareise abzuhalten?

Aber irgendwie war dies auch Wunschdenken. Hätte sich die verliebt Pia wirklich von Josefine abhalten lassen, diese Südamerikareise mit ihrem neuen Freund zu unternehmen?

Vielleicht aber wäre es Josefine gar nicht möglich gewesen, wirklich negative Eigenschaften dieses jungen Mannes zu finden?

Eventuell hätte er sie auch mit viel Charme davon überzeugen können, dass er der richtige Mann für Pia wäre, und sie hätte sie dann auch noch bei ihren Reiseplanungen unterstützt?

Auf jeden Fall war nichts mehr rückgängig zu machen. Die Vergangenheit kann nicht zurückgeholt werden.

Josefine konnte Pia auch wirklich nie vergessen. Aber alles war nun doch etwas leichter und einfacher geworden, auch noch dadurch, dass sie in eine andere Stadt gezogen war.

Und jetzt das große Glück für Josefine mit ihrem Partner, sowohl beruflich als auch privat.

Selbst Pias Mutter freute sich mit ihr. Sie besuchten sich immer wieder gegenseitig.

Die Mutter hatte mittlerweile auch begriffen und sich damit abgefunden, dass Pia nicht mehr zurückkommt. Ihr Sohn war mittlerweile schon 20 Jahre alt geworden. Er hatte seit 3 Jahren eine gleichaltrige Freundin, die jetzt sogar schwanger war. Sie verlobten sich und wollten noch vor der Geburt des Kindes heiraten. Pias Mutter freute sich jetzt auf ihr erstes Enkelkind. Sie fand zwar, dass die beiden noch sehr jung waren. Aber was sollte sie wirklich sagen, auch sie war sehr jung gewesen, als Pias auf die Welt kam, sogar noch jünger.

Auch Josefine und ihr Freund und Partner wurden zur Hochzeit eingeladen. Das war wirklich wieder ein sehr nettes Treffen.

Das Leben ging weiter, und sogar Josefine dachte jetzt daran, sich zu verloben, nachdem sie es sich vorher reiflich überlegt hatte.

Aber was konnte da denn noch schief gehen?

Sie verstand sich mit ihrem Freund und Partner, sowohl auf privater als auch auf geschäftlicher Ebene, sehr gut.

Obwohl sie tagsüber beide in der gemieteten Praxis zusammenarbeiteten, wurde es ihnen nie wirklich langweilig, und einen ernsthaften Streit gab es auch nicht, nur kleinere Auseinandersetzungen oder auch Missverständnisse, was schnell geklärt werden konnte.

Vielleicht wollte sie doch auch noch ein oder mehrere Kinder haben. Die Zeit dafür wäre ja jetzt passend, sie hatte bereits ihren Traumjob gefunden, in dem sie tätig war. Außerdem war mittlerweile auch schon ihr 30.Geburtstag gefeiert worden.

Kurzbiografie

Josefine Crime ist von Beruf staatlich geprüfte Übersetzerin.

Sie wurde 1958 in Karlsruhe geboren.

Eine schöne und unbeschwerte Kindheit verbrachte sie auf dem Lande bei ihrer Großmutter, die leider viel zu früh verstarb. Danach lebte sie bei ihren Eltern in der Kleinstadt. Sie machte Abitur und begann auch ein Wirtschaftsinformatikstudium, welches sie aber nicht abschloss. Letztendlich entschied sie sich für die Übersetzerlaufbahn, weil dieser Beruf eher ihren Interessen entsprach. Sie war als Übersetzerin zuerst mehrere Jahre freiberuflich für eine Wirtschafts-Auskunftei tätig, danach festangestellt im Fremdsprachenbereich.

Heute ist sie Freiberuflerin und fertigt überwiegend beglaubigte Übersetzungen an, d.h. sie übersetzt Dokumente (Zeugnisse, Geburtsurkunden, Gutachten, Verträge, etc.).

Übersetzen ist ihre Leidenschaft, und sie schreibt sehr gerne.

Sie liebt spannende Kriminal-Romane.